世界上只有一朵花

刘燕 著

沈阳出版发行集团
沈阳出版社

图书在版编目（CIP）数据

世界上只有一朵花 / 刘燕著 . -- 沈阳 : 沈阳出版
社 , 2019.12
ISBN 978-7-5716-0480-6

Ⅰ . ①世… Ⅱ . ①刘… Ⅲ . ①诗集 – 中国 – 当代②散
文集 – 中国 – 当代 Ⅳ . ① I217.2

中国版本图书馆 CIP 数据核字 (2019) 第 234649 号

出版发行：沈阳出版发行集团 | 沈阳出版社
　　　　　（地址：沈阳市沈河区南翰林路 10 号　邮编：110011）
网　　　址：http://www.sycbs.com
印　　　刷：定州启航印刷有限公司
幅面尺寸：170mm×240mm
印　　　张：10.5
字　　　数：190 千字
出版时间：2019 年 12 月第 1 版
印刷时间：2019 年 12 月第 1 次印刷
责任编辑：周　阳
封面设计：优盛文化
版式设计：优盛文化
责任校对：赵秀霞
责任监印：杨　旭

书　　　号：ISBN 978-7-5716-0480-6
定　　　价：49.00 元

联系电话：024-24112447
E－mail：sy24112447@163.com
本书若有印装质量问题，影响阅读，请与出版社联系调换。

喜欢一部电影《巴黎小情歌》，里面有一句经典台词："爱我少一点，但爱我久一点。"

爱情，浪漫美好却又易逝，令人忧伤，爱得久一点成了一种奢望。而今，现代人的爱情是越来越快马加鞭了。我家楼下有一家酒吧，叫"等一个人"，光听名字就能体味到几分挑逗，招牌广告词更是暧昧得很。一到晚上，由《青花瓷》改编的歌词"天青色等艳遇，而我在等你"在发光的广告牌上循环播放，叫人不动脑子就能意会出许多饮食男女的情节。

快！太快！作家木心在20世纪就感叹："从前的日色变得慢，车，马，邮件都慢，一生只够爱一个人"。如今，现代都市里，爱情成为奢侈品。霓虹灯下，爱情俯拾皆是，闪婚、艳遇、出轨……一边爱情的保鲜期越来越短，一边大龄剩男剩女抱怨遇不见爱情。爱情，说穿了，不过是都市年轻人对抗无聊生活的一种调味剂罢了。

了解点爱情心理学，或许能对此释然一点。激情、性吸引力、依恋、爱，是浪漫爱情产生的四个条件。激情是一种坠入情网的兴奋和冲动；性吸引力是由身材、才华、容貌、权力、财富等产生的亲密身体接触的欲望；依恋是心理上对对方产生的依赖感；爱，则是一种对对方主动的付出。

现代人的爱情之所以像龙卷风，来得快走得快，缘于人与人之间比较孤立，彼此防线太深，不能完全敞开心扉，彼此都不在意依恋感和持久之爱的主动付出。既然彼此无法交心，那只能转而追求激情和性吸引力了。

激情之爱，像毒品，食之如饴，弃之如敌，常常令人欲罢不能，就是人到老年，也难以抵御激情的诱惑。有一次在一个咖啡厅，对面两个老人正在谈情说爱，那热烈的程度一点也不亚于今天二十几岁的年轻人。大文豪歌德74岁还在追求一个19岁的妙龄少女，没有什么比激情之爱更能令人返老还童了。

激情之爱，爱到尽头，总是充满了漩涡和风暴。但总有勇士不肯低头，为了追求激情，不断地失恋，又不断地恋爱，直到在波澜起伏的爱河里，几经磨难，才真正地清醒过来，渴望回归平淡，遇见传说中的真命天子——Mr.Right 或 Ms.Right，能最后执子之手与子偕老。

我十分怀疑这样绚丽至极归于平淡的恋爱能够遇见真爱。如果检验真理的唯一标准是实践，那么检验真爱的唯一标准就是——时间。真爱，是至臻至醇的爱，真爱需要时间检验，真爱需要时间发酵，它绝不会随时间褪去激情和性吸引力，而是每一滴都带有激情、性吸引力、依恋和爱，历久弥醇！

美国有一位老人，年轻时是个室内设计师，但热衷收藏服饰。2005 年 84 岁的她在纽约大都会博物馆举办了一场服饰收藏展，惊艳了整个美国，被誉为全球最时尚奶奶。她独特的自信和优雅气质随着年龄增长，令她的丈夫每天心动又爱慕不已，心甘情愿为他的宝贝献上自己所有的一切，"这段婚姻不无趣"，他打趣地评价这段 80 年的爱情。

真爱，只属于真心付出的人，真爱只为用心酿造它的人奉上一生的香醇。就像杨绛和钱锺书的爱情，在她眼中，他是最真的夫、最博的父，在他眼中，她是最贤的妻、最才的女。

爱情，唯有真心恒久，才能让人留恋。

这本诗歌散文集，是对我 2018 年夏到 2019 年夏一些零散诗歌创作的整理。一年间我陆陆续续地写了七八十首诗歌，为爱情歌唱，也为爱情而忧伤。

我始终追求一份纯洁且天长地久的爱情，这是我诗歌创作的核心。在学校里，我教授《创造力与情感艺术》、《爱与创造学》，课程的主要观点是：爱是一门艺术，真爱是两个人共同合作创造的艺术，爱情是一场美学体验。

爱之难，在于它不会主动变成一门艺术，或一场美学体验，除非爱着的双方都用生命去爱，去筑垒。弗洛姆在《爱的艺术》中的经典名言，是爱之精要。

"我被爱，因为我爱。我爱你，所以我需要你。"

去爱，才是成熟之爱。我如果爱你，就会爱每一个人，爱生活，爱全世界。我如果爱你，就会透过你来爱全世界，也透过全世界来爱你，也爱我自己。

最近，有一条新闻让人颇为感动。浙江温丽高速一辆面包车发生碰撞，副驾驶座一名孕妇撞破玻璃飞了出去，原来是一对准备去领结婚证的恋人。小伙子抱着女朋友一直唱《往后余生》。

"往后余生，风雪是你，平淡是你，清贫也是你，荣华是你，心底温柔是你，目光所致也是你。"

为这首歌，这段感情感动。我真希望，这生死之间的爱情，在往后平淡的岁月里，是永恒的誓言。

我也希望，这本诗歌散文集能为阅读者带来一分美好的情愫，一分爱的信心、希望、善良和爱！

谢谢你们的支持！

作者

2019 年 7 月 7 日

目录

卷三　我缤纷的雪花

卷四　人间四月

卷五　我的百岁爱情

思

念

思念

我的爱情哟，
是你路过的一株野草、一片荒原、一枚素笺

世界上只有一朵花

诗歌要慢慢读，情感要细细品。"紫房日照胭脂拆，素艳风吹腻粉开。怪得独饶脂粉态，木兰曾作女郎来"。

读到白居易的诗，始知这美丽的花叫木兰。

木兰，不是紫色的吗？也不全是。花园亭子北边，就长着一棵白色的木兰。每年三月，满树开满如雪新妆的花朵，冰清玉润的。木兰树很高大，像木棉一样，花朵傲立枝头，纯白圣洁，让人徒生敬仰之感。

我心里藏过一朵木兰。没有开过口，看他恋爱、结婚、生子、事业有成，看他情有独钟、弱水三千只取一瓢，默默地习惯他的世界里只有一朵花。

少年的喜欢，久挥不散，与日俱增。默默地藏一朵花在心里，为喜欢绽放。

世界上只有一朵花

世界上只有一朵花，是你眼中的她
世界上只有一片海，是你眼中的她
世界上只有一本书，是你眼中的她

我的爱情哟，是你路过的
一株野草，一片荒原，一枚素笺
落在尘埃里，风干

直到有一天，南风吹进园子
直到有一天，海浪轻拍黄昏
直到有一天，鸿雁衔书南去

你与所亲爱的，海滩漫步
木兰树下

你停下脚步，望着一朵花说，好香！

思 念

说一句 我喜欢你
我以为是故事的开始
你却当作结局

喜欢你

有人说喜欢是放肆，爱是克制。我却觉得喜欢是爱的朦胧表达。多少时候，我们用喜欢来遮掩心中想要的爱，喜欢是未兑现的爱情表白。

喜欢一个人，遇见她，就像司马相如遇到了卓文君，凤求凰的心热烈迫切，"有美人兮见之不忘，一日不见兮，思之如狂。"春心萌动，坠入情网，渴望被爱的心，像春日的野草疯长，无法克制地想要被对方爱上，共赴一场海枯石烂的爱情。

喜欢，终与恋爱不同。像《一个人的战役》里唱的"世界太大还是遇见你，世界太小还是丢了你"。喜欢你，像是一个人的战役。在这个偌大的城市遇见你，多么荣幸！在这个偌小的城市，遇见你，却多么遗憾，生不逢时，还是丢了你！

喜欢你

我没想到在城市的另一头
还有一个人可以想念
虽未曾谋面 却总像在梦里见过
顾影连连

我对着钱塘江说了一百遍
我喜欢你 我喜欢你
江水泛滥 那头的你可解这谜团

我敲着键盘 向你的头像发了一百遍
我喜欢你 我喜欢你
红色的爱心 跳动整个屏幕
你的信息 却那么遮遮掩掩
叫我如何 把这分相思的饥渴填满

说一句 我喜欢你
我以为是故事的开始
你却当作结局

让我的心怎能不哭泣
在这酷暑里 掉进寒冷的冰季

喜欢你
莫非是一种爱的离别
就让我枕着这句话 好好大哭一场
就当作 我曾爱过你 又失去

思 念

我的眼
好像在酒里泡过
都是桃花在飞

喝 醉

爱情像一场酒醉，爱过方知酒浓，醉过方知情重。醉得太深，难免目眩神迷，微醺之时，刚刚好，最能体味爱情的万般风情。

美丽的姑娘，清新脱俗，像一朵白玉兰，妩媚动人，似玫瑰含苞微吐芬芳，娇羞可爱，甜美如少女。怎能不令人一见钟情，心动不已？克制得了举止，却掩饰不了爱慕的眼神，含情脉脉放电的眼睛，刹那间有无数桃花在飞。

为爱的骚动，不管不顾是否有一个天长地久，恨不得，此刻就与心上的人儿良辰美景相对。心，真的喝醉了！

喝　醉

你
从白玉兰的花瓣
红玫瑰的花蕊中
走来
带着棉花糖的微笑

我的眼
好像在酒里泡过
都是桃花在飞

我可爱的姑娘
留下来
与我一起
喝醉
在春光里

我不要你的秋波
只要你一个吻

思 念

空气 甜甜的 凉凉的
尝一口
都是茉莉和栀子花的香

想一个地方

连日的冬季阴雨，让人心生许多惆怅。这雨似乎不想停歇，从月初下到月尾，眼看就要到元旦。

晴天丽日，鸟语花香的日子，好似一去不复返了。心中尤其惦念那些曾经走过的美丽地方。真想去一个大海边，阳光泛黄，空气湿润，院子里开满了芬芳甜美的花朵，尤其是栀子花和茉莉，清冷浓香、沁人心脾。

在那里，就算爱情走到了尽头，一切都还是美丽的。嫁给爱情是幸福的，倘若没有爱情，徜徉在这阳光、大海、星空、云朵、暖湿气流、花香四溢的小院子里，生活依然无比美好！

想一个地方

我想一个地方
有阳光 大海
和
暖湿气流
在院子里回荡

空气 甜甜的
凉凉的
尝一口
都是茉莉和栀子花的香

夜晚 粉色的流云
大朵大朵地
穿过墨蓝的天空
害羞地亲吻着闪着光的星

在那里
如果 你还爱我
我也 还爱着你
我会
留下来 嫁给你

在那里
如果 我还爱你
你已 不再爱我

我会
留下来

爱上这里的
星空 云朵
暖湿空气 大海
和
每天都暧昧的阳光

思　念

你心里的他 纯洁无瑕 满有怜悯慈爱
那才是 我要找的那个他

思　念

　　思念是心上的一个洞，只有所爱之人才能填满。不巧，所爱的那个人，却早已远离尘世，看不见摸不着，越是想念，心中的空洞越大，几乎要把全人吞噬。

　　渴望你，渴望你的爱，干渴的心，除了渴还是渴。

　　有一天，灵魂出窍，站在心房门口，干渴难耐，求一口水解渴，才发现世上的佳酿都不能让饥渴的灵魂得以饱足。唯有那纯洁无瑕、怀有怜悯慈爱的心肠，才能流淌出生命的活水，治愈一切干渴的灵魂。

　　那看不见、摸不着的爱人，竟是如此丰盛地活着！

思　念

屋子里静悄悄的
只有我和音乐的声音
突然 莫名地开始想你
想念像一把利剑穿透我的身体

我看见有一个灵站在我面前
对我说 我渴
我拿出农夫山泉给它
它喝完 说 我渴
我拿出一瓶玫瑰花露
它一饮而尽 说 我渴
我拿出新酿的桃花酒
它喝了说 好喝 我渴
我又拿出青岛啤酒、下沙大麦烧、张裕葡萄酒、XO……
它咕咚咕咚地喝下肚 仍说 我渴
我看了看家里 把最好的茅台酒递给它
它慢慢地品了品 说 好香 我渴

我环顾四周 再没有其他可以解渴的东西
我摆摆手 抱歉 实在帮不了你

它指着我的胸口 对我说
把你心头的思念给我 我就不渴了
我赶紧捂住胸口 连连摇头
我的思念是给他的 不可随意赠送他人

那灵见我如此冥顽不化 拿出一枝百合花
对我说 别怕 亲爱的 我只要你纯洁无瑕的爱
哪怕一点点 都能让我不渴
因为从你心里流淌出的 是生命的活水
喝过的人不会再渴
爱过的人不会受伤
流过泪的人不会再哭泣
污秽的人不会再自卑
忧伤的人不会再孤独

我醒悟过来 原来他爱着我的心
我的心被他深深地打动
见它如此渴慕 便撕裂衣服 掏开我的心 邀请他进入
那灵见了我坦诚跳动的心 突然说 我不渴了 我明白了

我正要问它为什么 它却飘然而去
留下一句话 回荡在整个屋子里
它说
你心里的他 纯洁无瑕 满有怜悯慈爱
那才是 我要找的那个他

屋子里静悄悄的
只有我和音乐的声音
一切都似没有发生 又像你曾经来过
我的心啊 思念你
竟像酒一样发酵 飘满早上落雨的天空

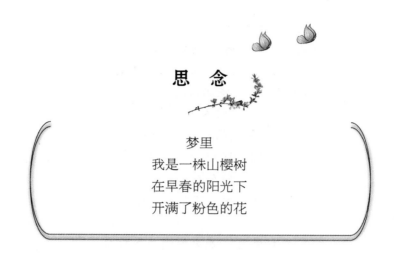

思 念

梦里
我是一株山樱树
在早春的阳光下
开满了粉色的花

相 思

"玲珑骰子安红豆，入骨相思知不知。"爱一个人，却因着这样那样的原因，不能开口说爱，是多么难熬的日子！相思入骨，不分日月，睹物思人，见景生情。

冬日大寒，到江边走一圈，弥漫缠身的大雪中，昏黄的路灯映着秋日的残柳，心中的相思无处倾诉，都化作一片春梦。盼望在早春乍暖还寒的风里，做一棵开花的樱花树。那时，所爱的人啊，你只需默默无语站在我面前，不再劳烦世间的清规戒律，让我以一棵树的形象，好好地爱你！

相　思

我的相思
是冬天里的一棵树
在大寒的日子疯长
月圆　柳疏
江潮弯弯
灯黄　雪缠
春梦撩闲

梦里
我是一株山樱树
在早春的阳光下
开满了粉色的花
风吹来
云霞似雪　飘飘洒洒

而你
站在我面前
沉醉
任花瓣沾满你的全身
像我的手
抚摸你每一寸的肌肤
亲吻你

思 念

近时 你是花
远时 你是画
再远时 你是风景

路 过

爱情，有时像一场追逐的游戏，相爱相杀。太主动，他轻贱你，太远离，他嗔怒你。若即若离时，爱情又扑朔迷离。

十年之前，爱上一个人，拼命地想接近他，靠近一点、近一点，再近一点，哪知，靠得越近，爱情死得越快。他反身一推，我那爱着他的心跟跄得好远。那一刻，才醒悟他的爱是带刺的玫瑰，越近越伤。

终于决定，转身离去，一步一回头。为爱流过的血，别人未曾了解，他的魅力依然吸引着一个个天真的女子，前赴后继地奉上爱情。而那颗已经冷淡的心，没有伤悲、嫉妒、祈求，只是路过，欣赏过一片风景、一幅画、一朵花。

路　过

众人
拥挤你
你离我剩一米

我离你十万里
十年，一日三十里

近时　你是花
远时　你是画
再远时　你是风景

我只是过路的人
一瞥你的美丽

思 念

我和你相遇
就像林黛玉
遇上了贾宝玉

无人能像你

不幸，错生了林妹妹的基因，多愁善感，心气高傲，在这个世上难免活得不甚开怀。所幸，遇上了一个贾宝玉一般的人儿，时时抚慰敏感的心灵，哄着宠着心儿开花。

只是，这个宝玉，不是现实的人物，是书中的一个精魂。难过时，翻翻书，与他对对话；开心时，翻翻书，与他聊聊天。再难过的日子有他的陪伴，也变得诗情画意许多。

在这个世上，有许多触摸得到的男人，可惜都在泥淖中，唯有他，圣洁高贵，知我心、会我意、懂我灵，虽不在身边，却无人能比！

无人能像你

在这世上揣着无人能懂的心事
就是大哭一场也不能让我的灵魂欢喜

唯有你 知我心 会我意 懂我灵
我和你相遇
就像林黛玉遇上了贾宝玉
用我一生的眼泪
也偿还不完你的情 你的义

哦，My love
我看不见你 却触摸得到你
在这世上，再无人能像你！

思 念

西湖郊外 梅坞尽头
芳景如屏
莲的尽头 是桂的香

心上的姑娘，你在何方？

与朋友吃饭，谈起他曾经的一段爱情。无澜而起，无疾而终，还未理清前缘今生，就消失在茫茫人海中，令人生好不遗憾！

为了重续这段爱情，他曾去过两人走过的角角落落，还找过女生工作、居住的地方，但这个美丽的女子，就像人间蒸发了，再也寻不着了。或许，她远走了异国他乡，或许，缘分到了尽头，三生石上，莲花已落，谁能扭转命运的辘辘呢？

或许，世间并无前缘二字，若在佛中求问姻缘，不如，登高望远，到梅坞尽头，赏桂子之香。遗憾就留给遗憾吧，仅此安慰！

心上的姑娘，你在何方？

清晨
我捧着一束火红的玫瑰
伫立在断桥旁
祈求今日的秋风
能送来她的模样

我寻一个姑娘
在三生石上
她笑语盈盈
穿着水红色的衣裳
长长的颈项 似一颗珍珠的光

那时
我们好像是天上的两颗星
在银河里相遇
一生似要沉醉在西湖的柔波里

那时
我们好像是春天里的两颗双生树
缠缠绕绕 绕绕缠缠
一辈子似要睡在南北高峰的烟霞里

只是
年少时的天真
不知天高地厚 海阔天空的明天
竟是人世间最伤最无力嗟叹

失去她
起初像午后做了一个桃花乱飞的梦
后来
却像走过了两个人的千山万水
只剩一个人在流浪

及至 思念成伤
回头寻她
却是 烟波渺渺 人海茫茫

就是 花儿也会留下种子 鸟儿会留下声音
可是心上的姑娘
你却像空气一样

我多想再见你一面
哪怕你已人到中年
我多想再抱你一次
哪怕你早已嫁入他乡

可是你 人在何方？
苏堤的春晓
玉皇的飞云
平湖的秋月
西泠的残雪
都没有你 只有我痴痴的忧伤

若你是多情的杜丽娘
该多好
我想当你的柳郎

生生死死 死死生生
只要能重回你身旁
怎样
我的心都不会伤

我在湖畔伫立
从清晨到夜色清凉
红玫瑰在凋零
想你的灵魂在消亡

湖面一艘小船 飘飘荡荡
我听到一人在温柔地歌唱

西湖郊外 梅坞尽头 芳景如屏
莲的尽头 是桂的香
灵隐之上 三生石外 爱深似海
颗颗珍珠雨
莫要蹉跎 莫要蹉跎
醉红尘里 起身高处航
起身高处航

我的灵魂站起来 看到一束亮光
心爱的姑娘啊
我要
抖落一生的风雨 半世的风尘
想你的忧伤 念你的惆怅
往高处航 往高处航
只为 在三生石外
迎接你 晶莹的泪光

思　念

雨，是你眼流出的泪
我的泪，在钱塘江河

想　哭

爱的起头是欢喜，总有时候想哭。爱得越深、越不可得到，越被误解，就越是痛苦。

男人的心，最是难哭。除了为丧父丧母而哭，其他时候，哭了，若被人看见，难免会被嘲笑一番，若知道为情而哭，更是要遭一番羞辱。

男人哭吧、哭吧、不是罪！

谁的心里，不曾有过为爱伤过的时候？无处排遣的心情，无处表达的爱情，无处生长的情缘，只有在大雨中让眼泪四处狂奔，让那些秘密永远埋藏在你走过的每个地方。

想　哭

我想，哭
我想，大哭一场
我想，在雨中大哭一场

雨，是你眼流出的泪
我的泪，在钱塘江河

没有人知道我爱你
没有人知道我想你

只有雨，钱塘江河
还有，河边的三棵树、拱桥和油菜花地

思 念

我的手在颤抖
你的肩是我的山

我等候你

我总对世上的爱情抱有怀疑，那些海枯石烂、生死相许、情比金坚，有几个是真的呢？

我理想中的爱情，是至真至美的，是神话传说中的牛郎和织女、董永和七仙女、白娘子和许仙，是林黛玉和贾宝玉，是充满神性与人性的结合体。

在这个世上，这份爱情怕是永难实现，那么就让我等候吧！让那公义、慈爱、良善、芬芳、明亮、纯洁的爱情，永驻我心，直到天上！

我等候你

我的心在下雨
你的眼是我的伞

我的眼在哭泣
你的手是我的绢

我的手在颤抖
你的肩是我的山

这世上的爱情数不清
白头到老的很多

可我
只想要你那一份爱情
看不见 摸不着
此生也无法相见

你的公义 慈爱 良善
让我壮胆

你的芬芳 明亮 纯洁
让我甘甜

别人以为我疯癫了
别人以为我在矫情

只有你经过我流泪的心、哭泣的眼、颤抖的手
只有你明白我的灵在尘世的罗网里
渴望你 等候你
欢喜地要奔向生命的终点

卷二

那种叫爱情的蜜

那种叫爱情的蜜

我喜欢
看你读诗的样子
眉飞色舞
有羽毛轻拨我心

我喜欢

　　世界上有三件事无法隐瞒：贫穷、咳嗽、爱情。喜欢一个人，即使隐藏得再深，也会在不经意间流露出心动的痕迹。

　　喜欢上一个热爱文艺的女孩，明媚生动的样子，撩拨心弦，想要开口说一句"我喜欢你"，她又总是闪躲着翩然而去。湿湿的三月，湿湿的爱恋。不敢打扰她飘逸的生活，只好偷偷摸摸地打探她偶遇过的每一个人，期望能多了解一些她的讯息。就连她曾经路过的一棵树、看过的鸟儿，都心领神会这分羞答答的喜欢。

　　喜欢，就说出来吧！

我喜欢

我喜欢
看你读诗的样子
眉飞色舞
有羽毛轻拨我心

我喜欢
远望你离去的背影
翩翩的
藏着 三月江南的杏花雨
湿湿着我的眼

我喜欢
认识你 偶遇过的每一人
有糖 黏住我口
苹果笑红我脸

我喜欢
问柳枝上的黄莺
雪地的红衣裳
来年 还可以再见否
我喜欢
它叫
唧啾 唧啾 唧啾

那种叫爱情的蜜

你的口
如上好的酒
我也使你
喝石榴汁酿的香酒

良人属我

《圣经·雅歌》是犹太人的爱情诗歌，有点像中国《诗经》里的诗歌，"乐而不淫""思无邪"，读来满口留下的都是田园浪漫的爱情景致。

"我的良人，来吧，你我可以往田间去，你我在村庄住宿。我们早晨起来往葡萄园去，看看葡萄发芽开花没有，石榴放蕊没有；我在那里要将我的爱情给你。"

第一次读这首诗歌，就爱上了那浪漫大胆的爱情表达。改编这首诗歌，留住诗一样美好，在青青田园里，与我的良人共度此生美好！

良人属我

我的良人
我所亲爱的
我要带你去香草山上
陪你在山谷里的村庄住宿

清晨
我在苹果树下叫醒你
一起去看看
葡萄开花 石榴放蕊
在那里
我要对你诉说我的爱情

我们下入核桃园
闻闻谷中青绿的植物
再到香花畦
采采百合花

我躺卧在青草地
与你亲嘴
你的口如上好的酒
我也使你喝石榴汁酿的香酒

你的左手在我头下
你的右手抱住我

我的良人
我所亲爱的
我俩何其美好 何其喜悦
我属你 你也爱恋我

那种叫爱情的蜜

只有你
让我心欢畅
像喝过五谷丰登的新酒

认识你真好

"我希望有个如你一般的人，如山间清爽的风，如古城温暖的光。从清晨到夜晚，由山野到书房。只要最后是你，就好。"

——张嘉佳《从你的全世界路过》

不奢求最后是你，认识你，已好得足够。你是夏日山涧的岚、秋日湖上的光、冬日暖暖的阳、春日风里的云，看见你，就有无数的欢喜欢乐。

不需要为你的存在找任何借口，喜欢你的心，在那里，不增不减，欢畅如喝过五谷丰登的新酒。

认识你，真好！

认识你真好

遇见你
像彩虹画过雨滴

遇见你
像鸟儿鸣过山谷

遇见你
像春风轻拂过小溪

遇见你
像心上开出了许多向日葵
在冬日里
暖洋洋的

你的笑容 你的背影
你的一个眼神
我不曾亲近
只远远地观望
就吟得出 佳词美句

你一张口
天就褪去灰色 地就四处躲避
一场甘露
就洗净唐诗宋词的忧愁
只剩繁花和甜蜜

我不停地赞美你
只有你
让我心欢畅
像喝过五谷丰登的新酒
只有你
看上一眼
就能让我忘掉尘世的千丝万缕
单单地来喜欢你

我美好的朋友啊
于千万人中望见了你
就像小草盼到了黎明的晨星
我仰望你 渴慕你
带着一颗欢喜的心思念你
却不亲近你 也不离开你
只想告诉你
在有生的日子
认识你 真好！

那种叫爱情的蜜

我一想到你
就忍不住笑了

甜

爱之甜，如蜜。恋爱时节，恋人心如天上的明月，偷偷地撩起一帘幽梦，坠下一地甜蜜，平添春风十里柔情。

再愚笨的人，在爱情里都能体验到甜味，心神荡漾的一瞬间，笑容不自觉就挂在嘴角。这缘于，爱情能释放百分百的多巴胺，超过一切美食、美景、美器、悠扬音乐所带来的欢乐。

那感觉，犹如儿童吃了糖果一般，心里喜滋滋，盼望爱情能如此永远甜蜜下去。

甜

我一想到你
就忍不住笑了
好像无数缤纷的糖果
从天上撒下来
每一颗都是甜的

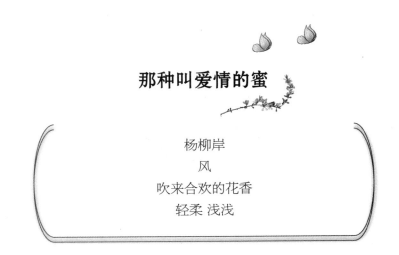

那种叫爱情的蜜

杨柳岸

风

吹来合欢的花香

轻柔 浅浅

爱你的一只鸟

爱有时很浅，浅得就像一朵极淡极细小的花，看不见，嗅不着。浓情蜜意，都是人家的故事，自己却像个看客，缺乏迈出去的勇气。

问世间情为何物，直教人生死相许。冲着这古训之词，就可知情爱有多伤人。不敢给你太多的情，怕情重伤身，不敢给你太多的爱，怕爱浓伤心。

李敖说，不爱那么多，只爱一点点。别人的爱情像海深，我的爱情浅。别人眉来又眼去，我只偷看你一眼。免去了多情之苦，云淡风轻的爱情，你能感受到吗？

爱你的一只鸟

杨柳岸 风
吹来合欢的花香
轻柔 浅浅

好似我对你的爱
浮光 淡淡

才一秒 拂过树梢
一溜烟 又掠过荷塘
不知方向

只有叶子
记得 一双轻巧的脚 一对洁白的羽
在空气里扑扇 扑扇
呢喃 呢喃

遇见你前
我的心是荒漠

遇见你后
我的心是荒漠里的泉
你是我的鱼 戏在红莲间

那种叫爱情的蜜

我知道
你不会爱我
就像
苹果树花朵
不会爱上芭蕉树的嫩芽

那种叫爱情的蜜

朋友曾患重疾，一日睡去，便成了植物人，不知何日醒来。心中无比忧伤，又不知能为他做些什么。提笔，把他的爱情故事记下来，想说给这个时代的年轻人听。

二十几岁的年轻人，爱得纯真、理想，对爱情的理解就是天长地久，直到在爱中遇到了劲敌，方知爱情原来奢侈。劲敌，不一定确有其人，却可以让原来牢不可破的爱情转瞬灰飞烟灭。

爱情，是不是一个神话，大水不能熄灭，金钱不能收买，真正的爱情，必须以生命来换取吗？不管如何，能痛痛快快地爱一场，就是睡去不醒，也是值得。

那种叫爱情的蜜

他们说我是植物人
不会再醒来
我知道 我不是
我的心还在想你
我的鼻子还在呼吸你的香气

听说有一种叫爱情的蜜
可以让人起死回生 青春不老

我曾在许多年轻的胴体里翻来找去
却找不到这种叫爱情的蜜

我看见一个老者 拿着大把的银子对一个少女说
来，把你的爱情卖给我
我看见一个少年人 追打着一个中年富商
一边扔石块，一边口中嘶吼着，把我的爱情还给我

我的心有点痛

我又看见一对情侣 偎依在一个青翠的山岗上
女孩靠着男孩的肩膀 男孩搂着女孩的腰
天空被抹成一片粉红色

我的心有点安慰

我又看见 一个苗族的小姑娘正在绣锦鎏衾衣

姆妈手拿着一个银项链说
儿啊，好好绣，这就是你的幸福
我仔细地瞅了又瞅
她的眉眼好像你

我的心好想你
突然 天空炸裂 一个大君王坐在宝座上
边叹息边摇头说
愚蠢啊 愚蠢 这世上的人
你们岂不知
爱情，大水不能熄灭 金钱不能收买吗？
若有人要得到爱情 就要用他的生命来换

我的心被撼动了
我渴望得到你的爱情 品尝一回那种叫爱情的蜜

我知道你不爱我
就像冬天的雪人不爱夏日的阳光
我知道你不会爱我
就像苹果树花朵不会爱上芭蕉树的嫩芽
我知道你不能爱我
就像春天的风不会爱上秋天的落叶

我们之间隔着不只是千山万水、前世今生
还有纸醉金迷、霓虹流彩、海市蜃楼、生离死别
可是 我还是那么想你

他们说你是妖精、祸水
我知道你不是

你是天上最明亮的星星
你是河里最美的那一朵浪花
你是我眼里那看不完的一集又一集的爱情故事
每一个出场 都让我心神荡漾

我不怪你给我的每一次疼痛
我不怪你给我的每一滴眼泪

我只怪我没有机会再站起来
从你的门口经过 厚着脸皮 再说一次 你今天喝水了吗？

如果躺在这里的是你
我会把那种叫爱情的蜜给你
让你一觉醒来 就能看见你爱的那个他
而我 会去一个美丽无比的地方
那里叫作天堂

他们说我是植物人
我知道我不是
我的心正在偷偷制造一个人的爱情的蜜

那种叫爱情的蜜

爱你的真心
真意 真情 真话
像第一次恋爱那样
真的羞涩

我爱你

爱一个人，就爱他的全部，不管他来自哪里，去过哪里，爱他，就全心投入。被责任捆绑的爱情，早已失去了爱的本质，玷污了爱情的纯洁。爱已不再，不必强留。爱若有根，自会重来。

爱的理论是：爱 = 去爱 = 爱的循环 = 有生命的爱 = 永恒的爱。我爱你，没有任何附加、没有任何条件、不是因你为我所做的一切，为我一切的付出而爱你，只是因为我爱你，简简单单地来自生命的爱。

一个男人一生最大的价值，就是能够坚守承诺，恒久地爱下去。

一个女人一生最大的价值，就是为爱注入生命，让爱永远循环下去。

我爱你

谢谢你的爱
我也爱你
爱你的真心 真意 真情 真话
像第一次恋爱那样 真的羞涩

不过 我爱你的那个我
与你爱我的那个我
不一样

我爱你
没有伤害 没有伤心 没有难过
只有单单地想告诉你 我爱你

我爱你
爱你的一切 你的事业 你的家人 你的爱好
凡属你的一切 我都爱着
并渴望它更繁盛 让更多人看见闪着光的你

我爱你
没有谎言 没有欺骗 没有诡诈
只有从天而来的 纯净 洁白
善良 美好
轻盈 透亮

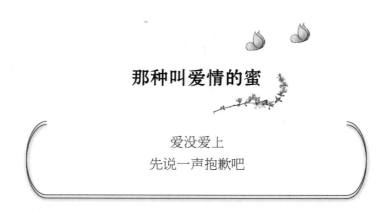

那种叫爱情的蜜

爱没爱上
先说一声抱歉吧

情人节的花店

情人节，是表白的良日，花店里热闹非凡。玫瑰身价骤然翻出两倍、三倍，甚至更多。

都市里的爱情，来得快去得快。今年的情人节还在殷勤地买花送礼物，下一个情人节，又不知哪家的佳人独自垂泪了。想想，真不敢轻易接过求爱者的玫瑰，谁知是爱情的开头，还是分手的前奏。

爱情啊，拜托，走得慢一点，好让你那轻易说出口的誓言，经受住一点点时间的考验。矜持，也是一种爱的成全，就让我选择黄玫瑰吧！爱没爱上，先说一声抱歉！

情人节的花店

情人节的花店
热闹着一千枝玫瑰

红玫瑰 白玫瑰 黄玫瑰
你说
请选一枝 送你一年

红玫瑰啊，你太妩媚 我怕他的爱情只是个谣言
白玫瑰啊，你太纯洁 我怕我配不起爱情的贞节

那就黄玫瑰吧
爱没爱上
先说一声抱歉吧！

那种叫爱情的蜜

林间的彼岸花
慵懒随意地四处盛放
似乎早已看够
人间的爱情故事

和你在一起就是美好

与所爱的人在一起，日子是极其美好的。光阴如水，流逝飞快，轻言细语间，年华悄然而去。

一面不由感叹"乡国真堪恋，光阴可合轻"，一面回头望望那个身边的人儿，依旧光鲜、美艳、纯真、可人。人生得此佳偶，几世福分，如星月相伴，皎洁辉映，如金风玉露相逢，流光溢彩。心有灵犀、心心相印，就是西子范蠡转世，也不由得羡慕这份人间爱情。

与所爱的人在一起，方知何谓"美好"。

和你在一起就是美好

夏日的午后
和你一起坐在森林的小河边
什么也不说 什么也不想
只是静静地凝望

河边的青柳 在微风里嬉戏缠绵
仿佛在悄悄嘲笑我们的无聊

火红的美人蕉 不甘示弱地 燃烧着它的妖娆
想要诱惑我们的心跳

林间的彼岸花 慵懒随意地四处盛放
似乎早已看够人间的爱情故事

一切都静悄悄

我们什么也不说 什么也不做
只是静静地坐着

耳边有清脆的虫声和鸟鸣
空气里有你身上的花香
我的心在我身体里面十二分地安详

我不看你 就知道
你的眉在笑
你的唇还保持着少女的娇羞
你的心还像顽皮的孩子 等待着一场水中的嬉闹

我掰起手指 数着我与你相识的日子
一日 二日 三日
一年 二年 三年
啊，竟有十年又三百六十五日

岁月如梭 我鬓已生白发
而你依旧鲜艳如昨
流走的日子都去哪里了哟？

我忍不住回头问你 你却不看我也不言语
只是含笑凝视着这一片青翠静谧的风景

你这可人的姑娘啊
叫我怎么走过你的心房 去看一看你心底里爱情的秘密
看你一眼 我都醉了
想着你的模样 我的心都化了

你知道吗？
此生经年的每一日 我读懂一句诗篇
山色空蒙或水光潋滟
三秋桂子或十里荷塘
和你在一起就胜似西子范蠡 貂蝉吕布 贵妃唐皇
和你在一起就胜过人间的四月天
和你在一起就是 美好

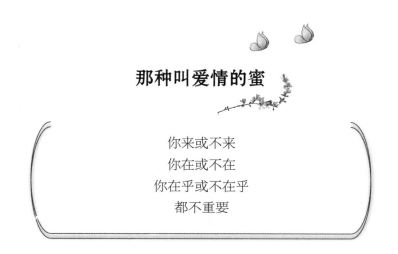

那种叫爱情的蜜

你来或不来
你在或不在
你在乎或不在乎
都不重要

只有一个字

　　仓央嘉措有一首情诗，叫《见或不见》，极其打动人心。"你爱或者不爱我，爱就在那里，不增不减。你跟，或者不跟我，我的手就在你的手里，不舍不弃。"

　　歌德也有一首类似的情诗《我爱你和你无关》，"我爱你，与你无关。真的啊，它只属于我的心，只要你能幸福，我的悲伤，你不需要管。"

　　总觉这些诗，有几分忧伤。爱一个人，是自己的事，倘若爱成了忧伤，爱的意义又何在呢？忧伤地爱一个人，不如快乐地、不求回报地爱一个人，去爱，爱着，就是最好的回报。我爱你啊，也爱爱着你的我自己！

只有一个字

我一想到你的名字
心里只有一个字

我一想到你的样子
心里只有一个字

我一想到你的城市
心里只有一个字

你来或不来
你在或不在
你在乎或不在乎
都不重要

只有一个字
就足够让我全然欢喜

爱 爱 爱
我爱着你
也爱着爱你的我自己

我缤纷的雪花

我缤纷的雪花

我只能继续
对着银杏树 发呆
好让记忆的风儿
偷偷地模糊你的脸

再也遇不到像你的人

初恋，总是让人怀念，直到人已中年，依然想念。想念那个沙滩、那个午后，少年与喜欢的女孩一起漫步，说着轻松俏皮的话，小心翼翼地打闹着，生怕惊扰了心里的爱情。

青春爱情电影《最好的我们》，大约是对初恋最好的诠释吧。"当时的他是最好的他，后来的我是最好的我。可是最好的我们之间，隔了一整个青春。怎么奔跑也跨不过去的青春，只好伸出手道别。"

道别，还是不舍，偶尔也难免思念。渐远的青春里，太多模糊的脸，唯有声音，留下独一无二辨别的气息，在秋日里，泛起心事，真想遇见你！

再也遇不到像你的人

秋日
对着窗外的银杏树 发呆
身后
听到一个像你的声音 在侃侃而谈
我忍不住回头 循声望去
好奇
这世上还有人声色 如你

遥遥凝望几眼
我知道
那人一定不是你
因为我的心 平静若水
像无数平凡的旧时光

若是你
我猜
我的眼泪 一定会掉下来
一定会
在你面前 肆无忌惮地大哭一场
让银杏树也为我疯狂

和你一别 已有二十载
从少年到人已中年
那些逝去的日子里
我再未遇到那样一个人
叫我为少年的心事默默哭泣

就是不曾再见
我的心还是偶尔惦念
惦念你的心情
你的身体 你的家人
你的笑容 是否还挂在嘴边?

我回头 不敢再深深地想念
怕我想起
雨打芭蕉的夜晚
十八岁的我
一个人在栀子花前
立下的 对你一生的誓言

我只能继续
对着银杏树 发呆
好让记忆的风儿
偷偷地模糊你的脸
忘记
你少女时的美 你的纯洁和善良
忘记
你留下的一切 在我生命里的过往

才能
抚平年少时爱慕你的心
在岁月无情的风沙里
被风吹雨打的无奈
和淡淡的哀伤

如果有一个机会

回到少年时的海滩
我可会握紧你的手
向你献上我的初恋
而你
是否
会回应我一句
我也喜欢你

让我此生不再被年少的遗憾
一遍又一遍地纠缠

窗外
红叶翩飞 候鸟南迁
天各一方的你
可会想起我

一棵在秋天默默不语的野菊
在银杏树的金黄里
偷偷地忘记你

我缤纷的雪花

还有我
年少时说不出口的缱绻
在七夕葡萄树下
涨红的脸

为 你

少年时，爱一个人，想为她付出自己的所有，陪她到天长地久。被爱的那个人，却太过优秀，又有一颗流浪的心，在全世界各地漂泊。

抓不住的爱情，握不住的心，只好渐变成一场粉丝对偶像的围观。看她的朋友圈，看她满世界旅行，看她写歌写诗，看她闪耀在不同的舞台。

为她，开始做傻事。抄她的诗歌，读她的游记、画她下一个将去的城市，写与 TA 相识的故事。

爱情是一种本事，爱情是一种怪事，为她所做的一切，竟成全了自己的精彩人生！

为　你

你写的情诗
我抄三遍
一遍　为你
一遍　为我
一遍　祭天

你去的西部
我走三地
青海湖 可可西里 柴达木
一地　为湖
一地　为海
一地　敬青藏高原

你想去的城市
我绘过三座
北海道 威尼斯 佛罗伦萨
一座　为草
一座　为船
一座　还蒙娜丽莎的誓言

你未曾看过的老照片
我藏过三幅
有你
含笑的唇
带泪的眼
抱我时的傻里傻气

还有我
年少时说不出口的缱绻
在七夕葡萄树下
涨红的脸

我缤纷的雪花

我爱你
可我更爱孤独

孤　独

在日本，有人开了一家"摆脱孤独"的咖啡厅，用餐的人不用担心无人能陪，单身的顾客，有逗趣可爱的河马姆明陪你。

不过，回到家以后呢？当一个人面对空荡荡的房子，城市里的人又该如何面对孤独呢？

一个学生向我倾诉他的爱情故事。

末了，向我提了个问题："老师，我们在一起五年之久，为什么最后还是分手了？"

我问："分手了，你失去了什么？"

"爱情。"

我又问："分手后，你得到了什么？"

"孤独。"

人生或许就是一场《百年孤独》的旅行吧！ 哪个名人不孤独？屈原、陆游、陶渊明、宋庆龄、宋美龄、张爱玲、杨绛、贝多芬、戈尔巴乔夫……

失去了爱情，并不是失去所有，至少还有一个朋友永远不会失去——孤独。

世上的孤独，遍布了各地，有路就有孤独，有孤独才有出路。

孤 独

我爱你
可我更爱孤独

爱你
需要两个人的勇气

爱它
只要一个人的坚强

我缤纷的雪花

> 红罗云帐，三更难眠，
> 万重山水，明月佳人笑。

我缤纷的雪花

江南的冬天，漫长阴冷，思春的心，寂寥空洞。

想去西部，那个神奇的地方，自由奔放、无拘无束的爱一场。想去香格里拉，在苍茫的雪域高原，在积雪高耸的梅里雪山，在深邃碧蓝的冰湖，洗涤躁动不安的雪花。

想去丽江，躲藏在古城的某个客栈里，静静地发呆，或者去束河古镇，骑马顺着茶马古道走一走。或者去泸沽湖，吹吹凉空气，把江南思念的忧伤，丢进一池清澈湛蓝的湖水里。

只要是去西部，一切都广袤、豁达、奔放起来，布达拉、格尔木、珠穆朗玛，失去爱情的我，来了！

我缤纷的雪花

风起思镜，
一池清波，
半城白雪，
满园芦花荡。

翠柳江东，
二月兰盛，
一江新潮，
钱塘思春早。

红罗云帐，
三更难眠，
万重山水，
明月佳人笑。

来啊，春。
带我走！

让我缤纷的雪花，
一路向西。

从江南开到香格里拉。

从丽江开到布达拉。

从格尔木开到珠穆朗玛！

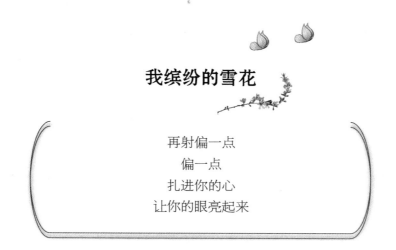

我缤纷的雪花

再射偏一点
偏一点
扎进你的心
让你的眼亮起来

求求丘比特

2019 新年伊始，一学期课程接近尾声，寒假在望。

不过，生活的繁华依然在招手。周六，天还未亮，起个大早去上海看展。

第一站，上海复星艺术中心，"辛迪·舍曼中国首展"。

介绍说辛迪·舍曼是殿堂级的美国摄影艺术家，是"20 世纪最有影响的 25 位艺术家"之一，是个千面艺术家。她的自导自演自拍，推动了美国当代艺术的开拓创新。她在中国的首展，当然是不能错过的。

第二站，上海展览馆，"飞行 航行 旅行——路易威登"展览。LV 豪气冲天，全场馆精心装潢，不仅展示了 LV 各种时期的精品箱包、王公贵族的生活方式，还展示了大量 LV 档藏馆珍藏的物品与文件，还有向巴黎时尚博物馆加叶拉宫与凡尔赛宫博物馆借来的独特作品。

满目所及，都是法式的精致优雅。

最后一站，上海当代艺术博物馆，第 12 届上海双年展"禹步——面向历史矛盾性的艺术"。展览规模很大，信息量超大，思考性太强。四层展馆有一半是影像艺术，令人目不暇接，眼花缭乱。

或许 2017 年至 2018 年太复杂，环保、战争、新秩序、人工智能、难民、跨物种交流、自媒体是艺术家不能回避的主题，巡走一圈，四处都能看到直击心灵、让灵魂疼痛的展览。

返回杭州，朋友拉着我，一路仍在交流艺术。大脑兴奋、灵魂疼痛，肉体疲倦着。不知怎的，便有点昏昏沉沉，我想许是我太累了吧，又或者是因为这个世界太热闹，而我却什么也做不了，就不给世界添麻烦了。

只想睡去。

周日，在家。面对家人，心有亏欠。这学期我总在外面跑，晚上给家人包点饺子吧，让他们感受到我的爱。买好了菜，回到家，把菜往桌上一撂，困意连连，我抵抗不住躺床上睡着了。

不知道过了多长时间，女儿摇醒我，"妈妈，你不是要给我们包饺子吗？现在都要五点了。""我睡了多久？""你已经睡了三个小时了。"

生活如此美好，而今日我却想一睡不醒。

殿堂级的辛迪·舍曼扮演了千万女性，用她的自拍艺术来询问"女性是什么？"路易威登用它的奢华优雅不可多得地装饰着女性的繁华，禹步用它锐利的眼睛，拷问着我们这个世界在干什么？

我真不知自己作为一个女人，是谁，又正在做什么。大脑中倒是频频繁繁地冒出了几句诗歌。爱到尽头或许尽是平淡，于世界、家人、生活都做不了什么，倘使有一天，爱无法继续，就让我登天，求求丘比特吧！

求求丘比特

好想大哭一场
把天叫亮
借把梯子上到天上
看一看
丘比特
在哪里放箭

再把
我最后一颗太平洋的眼泪
变成金山
求他
再射偏一点
偏一点
扎进你的心
让你的眼亮起来

我的天便明了

我缤纷的雪花

我滚烫的雪花哟
东风一吹
醒了

梨花落

梨花白，离人醉。梨花落，雨纷纷。

说起梨花，常想起"玉容寂寞泪阑干，梨花一枝春带雨"的诗句。梨花，是为离人开的。再美的爱情，都禁不住梨花落那一刻的心碎。

不过，这一独特的花儿，并不总是销魂摄魄，它还是宋时的一种美酒，喝梨花酒，把翡翠杯，纵然愁情千种，花入腑肺爱欲一宵褪。

我滚烫的雪花，在梨花雨里悄然落地。那一刻，我感到你眼睛里的梨花落在我的心上，像山谷里的空寂落在鸟儿已飞过的寂静森林。

梨花落

我滚烫的雪花哟
　东风一吹
　　醒了

江月圆　潮水蓝
蜡梅香　冬日暖

我缤纷的相思
　今日
　在阳光里
　带泪含笑

　　看
　梨花落
　空山院

我缤纷的雪花

我要钻进你的心房
找一找让我哭的
究竟是一片宁静的湖
还是深沉的海

眼　泪

　　诗人艾青说："为什么我的眼里常含泪水？因为我对这土地爱得深沉。"今天，为何我的眼睛流泪不止？那是因为你的爱如此深沉。在我未爱你以前，你已爱我，视我如珍宝。在我未爱你之前，你已决意用你丰盛的爱，将我的心充满。

　　我的心，是一条小溪，你的爱是一片湖，你从天上降下雨水，为要让我引向你的河流。我的心，是一条小河，你的爱是一片海，你从天上降下甘露，为要将我流入你汪洋。

　　你的爱如此深沉，让我无法测度，我多想快快地流向你，为生命流泪歌唱！

眼　泪

眼泪不停地流
在心底淌成一条小溪

你的爱
轻轻地 静静地
抚摸我心
要把溪水引向江河

你的话
如茉莉带露
从天降下
在我心的花园洒落一片洁白的光

我的灵
在流泪 在欢唱
在九天之上

我要钻进你的心房
找一找
让我哭的
究竟是一片宁静的湖
还是深沉的海
好让
我也流入你的汪洋
为生命流泪歌唱

我缤纷的雪花

我并没有爱上别个
也不会再爱下一人
如果有
除了那个死去的灵魂

我不爱你了

爱过很多人，原以为总有一个人，会收了浪子的心，能永远地爱下去，但都没有。

不是不爱他（她）们，而是面对生死之后，对爱的理解变了。不再想要肉体之爱，物欲之爱，不再想要虚假的海枯石烂、昙花一现式的爱情，想追求一份从亘古到永恒的爱情。

这一可笑的念头，就是柏拉图本人，也未必能如愿吧！或许，只有在上古神话故事里，回到宇宙生命的起初，才能遇见吧！

不管怎样，我要努力，飞到地极，在那里，我展开的爱情翅膀，被雪洁净，白如天使的羽翼，在光中，我必能与永恒之爱共舞！

我不爱你了

我不爱你了
这话说出口
连我自己也吃惊

我并没有爱上别个
也不会再爱下一人
如果有
除了那个死去的灵魂

你不要哭
也不要找
更不要等

就算你的眼泪流成一片汪洋
就算你的脚找遍天涯海角
就算你的心等到海枯石烂

直到那日
你也不会看见大欢喜

如果
你还愿再见
就脱去暗昧的旧衣裳
披上白雪的翅膀
飞往地极

在那里
我会 与你 在光中
起舞

还会把亘古指给你看

我缤纷的雪花

在风霜里
生死的边际
偏偏还是想与你接近
想握住你的手

愿你知我心最真

小时候，对梁朝伟主演的《绝代双骄》和他唱的主题曲《愿你知我心》，印象很深。

2018 年秋，武侠大师金庸先生去世，有关江湖的影视在脑海中翻涌出来，来来回回在脑海里响个不停的还是这首歌。这首歌，在现代世界里，似乎特别适合送给职场上的爱情。初入职场，懵懂无知、携手前行，共事多年、每日相对，你来我往，惺惺相惜。

可惜，职场如战场，风云变幻，恩怨说不清道不明，是敌是友分不清。反目成仇后却又难止挂念，在人性的考验关头，爱着他（她）的心，依然超越了敌我的利益，坚决地和他（她）站在了一起！

愿你知我心最真

路过一片银杏森林
从青绿到金黄
阳光在叶上留下斑驳的影子
好像是我俩相识多年的记忆

与你相识十多载
陪你流浪
陪你闯荡
也陪你看星星月亮

为你欢喜
为你忧愁
也为你暗自伤神
却从未猜透过你心

在人性的战场
恩怨几多 敌友分不清
虽被你怨 又被你伤至深
但我偏偏要不记恨
让你知我决心

说不清对你的情意
是爱还是喜欢
在浮浮沉沉的人生里
我经过你
就像天边的云没有根

只是
在风霜里 生死的边际
偏偏还是想与你接近
想握住你的手
一笑泯了恩仇
愿你知我心为你最真

愿你知我心最真
在秋风里 在银杏叶里
在阳光里 在你的记忆里
在刀风剑雨的江湖里
愿你知 还有一人
爱你最真

我缤纷的雪花

你的真心
我的绝意
载不动的都是哀愁

被你爱上

　　爱情，是心理战。被爱，总是令人狂喜，起码被人爱是对自我的一种肯定。不过，还是觉得两人不合适，分手已成定局。但那渴望被爱的心，似乎还没有死。还是幻想着得到对方的爱，幻想着对方傻乎乎地死缠烂打，把自己的心泡软。

　　不理智的人，在感情世界里，总是会纠缠不断，藕断丝连。理智的人，则会选择当机立断，既然选择了不被你爱，就不再留恋你点点滴滴的好，就让你的爱留给那个更值得爱的人吧。

　　今夜，走后，必将你忘记！

被你爱上

被你爱上是福还是祸？
为何
我总逃离不了想你的目光

离开你的每一天
都度日如年
思念的惆怅
寂寥的心情
用无数的工作填也填不满

被你爱上是福还是祸？
为何
已选择走过却总忍不住回头
遍寻你留下的一切
竟不觉岁月如水悠悠
唯有无奈慨叹 相逢恨晚

你的真心 我的绝意
载不动的都是哀愁
你的努力 我的默候
一别去
都付诸东流

爱或不爱
还未明瞭
都成了伤痛

罢了 罢了
福或祸
都由你去
任我心痛到天明
必要忘记你

我缤纷的雪花

我寂寞的悲伤
像三月雨后的樱花
没有人埋葬它的暗香

我寂寞的悲伤

"泪湿罗巾梦不成，夜深前殿按歌声。红颜未老恩先断，斜倚薰笼坐到明。"怨妇，永远是在爱情中，爱得多一点的那个人。

爱得多一点，寂寞和悲伤也总是多一点。痴心地爱着那个人，愿意为他赴汤蹈火、牺牲自我。而当事人却欲擒故纵、不闻不问，视爱情为儿戏，让痴情变成绝恋。

奉劝那些痴男怨女，没有回应的爱情，早日抽身，谁的青春甘愿被渣男、渣女辜负？谁愿寂寞悲伤到白头？

我寂寞的悲伤

我寂寞的悲伤
像洪水漫过的河流
没有人测过
它的河床

我寂寞的悲伤
像三月雨后的樱花
没有人埋葬
它的暗香

我寂寞的悲伤
像银河里数不清的星星
没有人在意
它的亮光

我寂寞的悲伤
像空山里不住鸣叫的鸟
没有人探听
它的惆怅

我寂寞的悲伤
像夜晚降下清晨消散的露水
没有人走近
它的眼眶

我寂寞的悲伤啊,

像你掌心的痣、头上的白发、眼角的皱纹
每一个认识你的人都看见
它的生长

而你
却选择遗忘

我缤纷的雪花

我愿自己是大大的人
更愿我是造物的主
能为每个生灵

遇见一条大鱼

2017 年上映的动漫电影《大鱼海棠》，一直留在我的脑海里。生命中遇到的许多人，都像一条条鱼，游过你的生命，让你哭让你笑，情到深处，不得不感叹人世间所有的相遇，都要在灵魂深处划上深深的印记。

人生必须经历一次奋不顾身地拯救，才能明白恨是那样的痛、爱是那样浓，别离是那样的不舍。只是为了你，我愿意向死而生，只为你还能相信这世界有爱。若是爱自己与爱你能够两全，就算我的灵魂离开我的身体，我也会笑起来，我也会笑起来。

创作《遇见一条大鱼》，纪念一个大鱼般的人。陈奕迅的《在这个世界里相遇》，唱出了所有相遇的心声，"每条大鱼，都会相遇，每一个人，都会重聚，生命旅程，往复不息，每一个梦都会有你"。

遇见一条大鱼

我掉进了大海
遇见一条黑色的大鱼
喘着粗气 瞪着眼睛 要吃掉我

我挣扎着 想起一千零一夜的故事
我说 我给你讲一个星星和月亮的童话吧
大鱼 呼了一口气
给我一串骷髅头 说我早已不相信童话

我说 我给你讲一个坚贞的爱情故事吧
大鱼 吐出一串怪异的气泡
一条条发臭的金枪鱼 在我身边打转
它说 我早已厌倦海枯石烂 互相欺骗

我见它对童话和爱情铁石心肠
便要想给它讲一个母爱的故事
大鱼心有触动 不过转瞬间
它摇了摇尾巴 把一个死去的珊瑚礁丢到我面前
说 再美丽再温暖的情感 都经不住生死离别
别再欺骗我的天真
最后一分钟 就是你的死期

我来不及再想出个新故事 一分钟已过
大鱼冲过来 一口吞下我
头晕目眩 翻江倒海
水草 腐烂的小鱼 还未消化掉的骨头

恶臭的味道 让我闭上了双眼 等待迎接死神的到来

在黑暗的海底 在无尽黑暗的大鱼的肚腹里
我不知道 还有没有明天 或者下一秒的呼吸
生命是一场黑暗的旅程 还是一趟赴死的约会
那些快乐、浪漫、温暖的时刻为何会一去不还
我回答不了的问题 在脑海里四处盘旋

我决定在人生的最后 疯狂一次
在大鱼的肚子里 给它讲一个故事

从前 有一个小男孩 他一出生就被抛弃
从未快乐地度过童年 从未被所爱的人爱过
从未被竞争对手祝福过 从未见过有亮光的世界
他从未遇到过和他不一样的小男孩
也从未有过哭泣的日子
他的日子只有刚强 没有软弱 只有战斗 没有安息
只有疲倦 没有柔软

大鱼听到这个故事 愤怒起来
摇动着尾巴 在海里上下翻腾
在恶臭的鱼肚里 我只求一死
倘若死能够让我的灵魂起死回生 不再唯唯诺诺
我愿向死而生

愤怒的大鱼 不知什么时候中了猎人的鱼叉
它痛苦暴怒地挣扎 张开大口 嘶声呼喊
一股强大的水流 喷泻而出
我和水草 腐烂的小鱼 还有未消化的骨头

一起被喷到岸边

我挣扎着站起来 定睛望它一眼
一头抹香鲸 浑身受伤 鲜血洒满整个海面
我来不及思考 纵身跳进大海 用尽全力游到它身边
屏住最后的一丝力气为它拔出鱼叉
我看到我的灵开始离开我的身体 大鱼的伤口在慢慢地痊愈

此刻 还有什么比言语更宝贵 比生命更值得珍惜
大鱼啊
我愿你是鲲 更愿你是鹏
不住在黑暗的海底 而翱翔在蔚蓝的穹苍里
我啊，那个渺小的人儿
我愿自己 是大大的人
更愿我是造物的主 能为每个生灵再造一颗柔软的心
若能两全 我会笑起来
若能两全 我会笑起来

卷四

人间四月

人间四月

在西溪南的水光里
挥袖
潇潇洒洒一池
三月樱花的雨

去一个没有你的小村庄

西溪南，一个在徽州幽谧的古村落。马头墙、老屋阁，收藏着徽州千年富庶的钟灵毓秀、徽商古韵。青石板路，水系遍布的美丽村子后面，有一条长长的枫杨林，还有一条潺潺的丰乐河，缓缓流淌。古往今来，文人墨客，在这里修祠建社，兴建学堂，吟诗作对，留下一处世外桃源。

河水平静处如镜，湍急处如瀑。河边自在地生长着凤鸢花、紫丁香、毛莨花、大丽菊，随意盛开。漫游在河边，四月的天气，空气湿湿润润的，满目新嫩的叶、葱郁的草，薄雾般的阳光从树林里照进来，斑驳的光影在绿叶和河面闪光，让人的心欢喜快乐得想跳支舞。

爱上西溪南，这大概就是，生活最原本的模样吧！

去一个没有你的小村庄

去一个 没有你的 小村庄
邀晚霞 溪水 麦浪一起看斜阳
枫杨林 马头墙 柳莺 芍药 含香
四月的风 柔软我心

我曾去过你的小村庄
晃荡过 老街 古木 堰塘
画过 梯田 花海 树屋 稻浪
九月的星 清澈我灵

许多人 爱你的村庄 动人
只有我 是一朵白云
轻抚 你的落寂
飘过

在西溪南的水光里
挥袖
潇潇洒洒一池
三月樱花的雨

人间四月

三月的风 有点凉意
告诉我
你的爱走得比来得快

你的爱走得比来得快

春来，爱意萌发。然而，并不是所有人都谙熟爱情的秘密。人的爱情可以分为六种风格：激情型、游戏型、友爱型、实用型、占有型、利他型。不是所有人都能幸运地遇到利他型的爱人，或许，你不巧爱上了那个游戏型的爱人。

他像天龙八部里的段誉，见一个爱一个，每一段爱情都浓烈、纯真，但都不能持久。他不想受羁绊、只想享受短暂的爱情甜蜜。遇见这样的花心男子，真心被辜负是必然的。

唯一能做的是，当爱走的时候，好好保暖自己的心，不受伤。日后，离这样的男子远一点、远一点，哪怕他有金山银山、才高八斗、学富五车，哪怕口中蜜让人融化，都要坚决地弃他而去！

你的爱走得比来得快

他们说 钱塘江水干涸了
我不信
直到看到滩涂上的鱼

他们说 油菜花马上谢了
我不信
直到我看到一场风雨

他们说 桃花已经开了
我不信
直到我看到你脸上的表情

我以为
你的爱会延续到夏季
三月的风 有点凉意
告诉我
你的爱走得比来得快

别哭
好好保暖你的心

人间四月

玉兰凋落 连翘似锦
庭院深深
谁人恣意弄琴弦

人间四月

凡事看初心。去苏州，游拙政园，惊叹古代吴地对园囿的热爱。初心却是，嫌城市太多喧嚣，有钱人想在家中辟一处山林，在家飘逸隐居。

遥想，那时小小的古苏州城，应该没那么喧嚷不堪吧，可是对当时吴国的文人们，已经极难承受了。追求出世的宁静，是中国文化特有的心灵解救，老庄文化道出了中国人的人生真谛，九万里行路终归诗酒田园。

在这方寸间的诗情画意里，建筑、叠山、理水、花木一个也不能少。踏上蜿蜒曲折的小路，在深容藏幽的园子里，看春日繁花似锦，情丝绵绵。

过寒山寺，到枫桥。想起张继，也顺便想起了潘岳，也就是晋朝大帅哥潘安。拙政园之名来自他在《闲居赋》的一段话："筑室种树，逍遥自得……灌园鬻蔬，以供朝夕之膳……此亦拙者之为政也"。

人间四月，情爱之路，守拙不失为一种自我拯救。

人间四月

春花红 烟雨绵
风拂柳丝
最是 新荷池塘鸳鸯懒

桃花酒一杯
独觅幽径 凭栏
玉兰凋落 连翘似锦
庭院深深 谁人恣意弄琴弦

紫荆 山茶 海棠
樱红梨白 花迷笑靥
梦里几许 痴迷

姑苏城北 寒山寺外
枫桥新雨后
蛙声一片 知了一串
方知
人间四月 有情难别天堑

人间四月

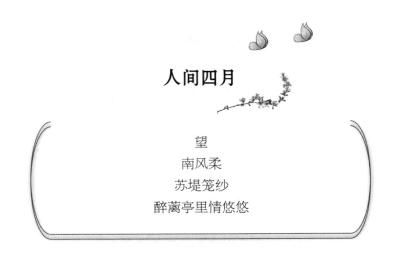

望
南风柔
苏堤笼纱
醉薁亭里情悠悠

西湖暮春

西湖苏堤，亭桥名字都极有文化韵味。

沿着花港观鱼公园往岳庙走，一路经过映波、锁澜、望山、压堤、东瀑、跨虹六座小桥，还有苏堤春晓碑亭、醉薁亭、仁风亭。春日，在亭桥上驻足，在苏堤的烟笼雾翠中，湖山胜景如画图般展开，无限柔情一湖春水，增添许多爱情故事。

苏堤向北，是孤山、白堤、宝石山，向南是南山路，都是极多爱情发源的地方，苏小小、武松、白娘子和许仙、梅妻鹤子、梁山伯与祝英台，够人想象了。

春风骀荡，鸟语啁啾，柳丝飘忽，西湖的万种风情只嫌词穷。就是在暮春之时，也能看到芍药含露、月季滴艳、小荷新发、睡莲鹅黄一片。还有水鸟在湖面翩飞，似凌波仙子，与长天一色。

对此美景，爱情若是遭遇到了负心人，又何愁没有解脱之路呢？

西湖暮春

雨过 牡丹园
春意阑珊
芍药含露 月季滴艳
小荷新发 睡莲鹅黄一片

西湖飞柳 燕呢喃
十八长亭 蝶双翩
独是
宝石山上 初阳台前
佳人婆娑泪眼

望
南风柔
苏堤笼纱
醉薖亭里情悠悠

叹
东风寒
满池清波
锁澜桥头浪不平

红肥绿瘦 绿肥红瘦
星河摇转
梦里梦外郎骑青竹撷梅来
谁料想
四十锦瑟年华一日都付流年

贪欢 贪欢
梦醒
断桥 依旧人寂影单

倒不如
向孤山 痛哭一晚
饮酒一壶
碎杯盏 与水鸟长天一色
凌波为仙

人间四月

薄荷一样的姑娘

古典诗词，经久耐读，但年代久远总与现代人的生活有一点隔膜。若是能够把那姹紫嫣红的情致与现代人的语言习惯结合起来，一定有更多的人会爱上诗歌，爱上古典，爱上生活。

去安吉游玩，夜宿一家叫"大树"的民宿。夜的幽寂，山的青翠，初夏之夜的清凉，让我似乎闻到了薄荷的味道。崔护的《题都城南庄》和高骈的《山亭夏日》的画面闯入脑中。

料想，在神秘的大山那边住着一个像薄荷一样的姑娘，隐居大山之中荷锄种花。某一天，她在夕阳的薄暮里从山谷里走过来，来到我所住的小村庄，偶遇一个白衣少年，那将是多么美好的一次相遇！

薄荷一样的姑娘

星
闪在黝黑的山
梦
缀在无涯的谷

薄荷一样的姑娘
在溪水里欢笑
脚步轻盈
穿过 红红的山涧
躲在谁家后院
嗅一树栀子白色的慌忙

院中的白衣郎 细细打量
哪家的姑娘
笑得像一弯月亮

郎家
石榴放蕊 辣椒挂笼
紫茄花开

妹家
樱桃红未 梅子黄未
芒种麦子穗收未?

薄荷一样的姑娘
扉门倚笑

草木青青 落花娴静

妹打蕊宫来
妹家 星河珠带 碧玉荧光
梭鱼草串串紫香

君若有意
十八亭 无涯谷
水晶帘处 满架蔷薇一院香
芳意无妒 春不归夏
妹自荷锄种花忙

君若有意
扯一把鼠尾草 同往否?

人间四月

爱如雨
情似丝
人间芳菲莫若你

人间芳菲莫若你

　　端午后，江南进入梅雨季节，大雨、小雨、骤雨，雨下个不停，闷热难耐。寂寥的心情，像极了赵师秀《约客》的诗句，"黄梅时节家家雨，青草池塘处处蛙。有约不来过夜半，闲敲棋子落灯花。"

　　梅雨时节，人间芳菲，早已落尽，雨中望去，花稀绿叶稠，春光已寻不着蛛丝马迹。想起那曾许诺要爱得天长地久的恋人，竟然如此薄情，留下一人独自品尝忧愁。

　　雨下不停，心事无处可以倾诉。盼望这场大雨浇灭一切情孽，带走被辜负的一切青春年华。雨渐渐转停，心事被浇透，回头再看大自然，柳枝上黄莺叫声婉转，湖中浮萍里新长出许多荷叶。

　　花开花落，花不语，一切有天意，石榴花正红，海棠花正艳，人间芳菲莫如这生生不息的大自然。投入地爱一人，不如爱美好的大自然。这道理，渊明，才是最先领悟的人吧！

人间芳菲莫若你

梅黄，花稀，绿山泥
大雨，滂沱，如泣

浇透，浇透，浇透
浇瘦，浇瘦，浇瘦
我的浓情，你的薄意
我的此去，你的经年
都付烟雨，一任水流东去

愁涕，愁涕，愁涕
上琼楼，登玉宇
皎月明，芳心皑，星汉摇坠，胜似人间几许

望钱湖，下翠亭
浮萍处，新荷里，柳莺婉啼
爱如雨，情似丝，人间芳菲莫若你

并蒂，并蒂，并蒂
花落无意，海棠有语，且把石榴看风去

小雨，淅沥，如忆
梅黄，花稀，晴天气

人间四月

有人
轻提你的名字
我的手一颤
心花落一地

赏 花

　　昨夜星辰昨夜风，星落、风停，花已静，一段恋情就此告终。不想不见不看再不联络，关闭他的一切信息，当自己是个傻瓜。

　　但怎奈身边曾经共同的朋友，偶尔还是会提到他。虽说，早已练就了戏精的演技，分手后难熬的痛苦，也若无其事地打发过去了。但此刻听到他的名字，心还是忍不住微微颤动起来，那爱里的委屈、伤感、难过，又有谁能懂呢？

　　不敢违心地说从没爱过，心脆弱得像风吹过娇嫩的芙蓉花。还好，那时在黄昏里，睡莲盛开在碧波，没有人觉察我异样的举止。其实，生命里没有你，我过得不错，有花赏，有黄昏和晨曦，提到你也好，我得习惯，免得我总是担心有人提到你。

赏　花

有人 轻提你的名字
我的手一颤 心花落一地

不，我什么也没做
我只是 在赏花

赏一朵 昨日睡莲
看一池 黄昏碧波

人间四月

来，墙角的玉兰
让我
在你柔嫩的花瓣上跳个舞

玉兰，开吧开吧

春天，油菜花开得比较早，遍野的金黄十里飘香。油菜花，奔放、朴素；相比，玉兰花就高贵冷艳得多。玉兰树很高，花朵满树绽放，像一只只精致的灯盏，典雅高洁。

爱花者把玉兰、桂花和兰花戏称为三香君。玉兰花颇像中国古画中的美人，开得含蓄，美而不露，香而不妖。不管是白的、粉的、紫的，高高地开在枝头，如雪、如云、如霞，都要人仰头才能欣赏她那优雅的气质。

美的一切，总是招人喜爱。越是冷艳，越是诱惑难当。那些不知天高地厚的小蜜蜂，受不了诱惑，嗡嗡飞来，热辣辣地向心中的女神表达爱慕，看了真让人脸红。

玉兰，开吧开吧

风，拂过青青草尖
菜花香雪白蝶飞

来，墙角的玉兰
让我
在你柔嫩的花瓣上跳个舞
再邀一只小蜜蜂
钻进你鹅黄的花蕊
吮一口花蜜

趁着月圆
偷偷溜进你娇嫩的花房
流连一晚

用我的软侬细语
把那多情的春风
四处浪漫的情话
都说给你听

玉兰，别害羞
玉兰，开吧开吧
一朵两朵，白的，红的，紫的
羞羞的，洁洁的，热热的
都是你最美的样子

人间四月

> 最是 山茶寂寞
> 簌簌 簌簌
> 落下一地红色春泥

云雀在歌唱

鸟的快乐，在清晨，早起的人，一定听得见。猜猜，春天的鸟都是什么时候开始叫的？

四点四十五分左右！

先是几声清脆的啾啾从白杨树穿过来，接着陆陆续续，叽叽喳喳、啁啾啁啾，中间还有几声呖呖呖呖。待到大合唱时，就知道是清晨五点了，新的一天又开始了。

早睡早起的人，听见鸟叫，心中是欢喜快乐的。那一宿睡不着的人儿，早上听到鸟叫，心里就会愈加难过，一天又这样煎熬度过了，新的一天，恐怕又要浑浑噩噩了。

偶有睡不着时，我便起来披衣看书写作。在寂静的清晨，鸟儿清脆的叫声，唤醒我久违的灵感。我仔细倾听心灵深处的声音，倾听鸟儿飞过的春光，真实地与造物主相逢！天意，从天降临！

云雀在歌唱

听，云雀在歌唱
啾 啾啾 啾 啾啾
婉转清脆 盈悦悠扬
在白杨树梢 在枫木林间
在微波水面 在细软耳畔

听，还有伴奏的声音
啁啾 啁啾 呖呖 呖呖
朱弦玉磬 袅袅婷婷
在玉兰琼苞 在樱花粉蕊
在柳枝翠芽 在迎春鹅瓣

天色蒙蒙 细雨润苏
最是 山茶寂寞
簌簌 簌簌
落下一地红色春泥

人间四月

> 翠珠烟柳 黛含碧潭
> 柔风里的画船
> 都心漾柳丝缠绵

你的玲珑剔透心

恨苏轼，把西湖写绝了。站在三月的西湖边，再也想不出比"水光潋滟晴方好，山色空蒙雨亦奇"更美的诗句来形容西湖了。

三月底的春风，柔得像恋人的手，拂过初长的绿柳，又爱恋地拨弄着清透的湖水，点点涟漪微动，潋潋水光旖旎。漫步芳草长堤，怎不令人沉醉在这美景中？

听过不下十首讴歌西湖之美的歌，最爱谭晶的《人间西湖》。"我的心中有一座湖，远山近水入画图，桃红柳绿春来早，客来客往船如故。"

西湖，是每一个人梦里的天鹅湖吧！我说不出更优美的词，只觉得这湖玲珑剔透得很，像某一个人。

你的玲珑剔透心

捧着 你的玲珑剔透心
在三月的西湖边

我想 跳下去
吻一吻 水光里的你
翠珠烟柳 黛含碧潭
柔风里的画船 都心漾柳丝缠绵
可怎又比得上你 吴越之国的侬软

垂柳樱花酒醉相思
晴日芳草萋萋多情

在千年的柔波里
我想 跳下去
与你
在六朝烟雨里热恋

羡煞 池中鸳鸯春日莺
羞红 空蒙花雾奇雨山

你与我
在断桥之南 西泠桥畔
看古今传奇 天上人间

卷五

我的百岁爱情

我的百岁爱情

他轻抚我的秀发
爱怜的眼睛把我融化
白色的衣裳撩动我的心房

白衣飘飘的爱情

这几年，传统文化热，汉服、民族风特别流行，其中白色最受欢迎。不管什么人，白色的衣服一上身，男生有点侠骨道风，女生有点仙仙的感觉。

身边穿白马褂的人也多起来，有艺术家、大厨，也有暴发户装优雅。对他们的传统打扮，有点视而不见，但心里仍然还是喜欢的。老祖宗的服装品位，都是有审美道理的。

喜欢白衣服，也源于高中时代，有一首歌叫《白衣飘飘的年代》。它在 1996 年发行，是《高晓松 – 青春无悔作品集》（该专辑于 2002 年再版）之一，是纪念朦胧诗人顾城 (1956-1993) 的三首组曲第一首，演唱者叶蓓。

这首校园民谣，当时火爆了全国的大学校园，歌词描绘了那个已经远去的、充满了理想、浪漫和才思的二十世纪八十年代的大学校园生活。白衣飘飘的青年，在校园里抒写着浪漫，描绘着梦想，向往着远方。

这首校园民谣，印在我的记忆里，像一幅美丽的油画。美丽的白衣少女，英俊的白衣少年，骑单车、大步流星走过青翠校园，风吹起，白衣飘飘，年轻的脸上笑容荡漾。青春，就应该是白衣飘飘的吧！

出差徽州西溪南，在风景如画的小村庄，遇见一位白衣飘飘的艺术家。中式长袂连裾的白色衣衫飘飘荡荡，似一个书法家在河上挥笔起舞，风流潇洒。

料想，这个中年的男子，在少年时代，一定是一位翩翩美少年。他穿着白衣裳，在校园里经过，曾吸引过无数美丽可爱姑娘爱慕的眼光。

他指着林间放牧的孩童和小牛，向我回忆他的故乡。在湖南的一个小村庄，有着这里美丽迷人的风光，还有道不尽的暖暖亲情，让他常常怀念，渴望年老回归故乡。

我想倒流时光，回到二十多年前，看一看这位翩翩少年郎。也顺道记下徽州的美，记下白衣飘飘的年代里，一代人曾有过的纯真爱情。

白衣飘飘的爱情

那是一段白衣飘飘的爱情
马头墙 小河 晚霞
还有一望无际的绿色麦浪
白衣少年
在山峦中间 遥望远方

我从一片枫杨林经过
摘下一朵鸢尾花 一朵紫丁香
送给我爱的少年郎
他轻抚我的秀发 爱怜的眼睛把我融化
白色的衣裳 撩动我的心房

夕阳西下 新月如钩
蛙声清脆 在小荷的尖上
杜鹃花 在月光下 红彤彤 绽放
我的白衣少年啊 你可知道
我的爱情 才刚刚萌发
在飞舞的粉蝶里 恋着你的白衣裳

那是一段白衣飘飘的爱情
在明亮的晨光里
我和我的白衣郎
坐在小桥边的石头上
溪水淙淙 鱼儿也羡慕我们的少年模样
大丽菊 醉蝶花 摇曳 我的心灿如日光
我的白衣少年 却满目忧伤 遥望远方

亲亲的 少年郎
不要忧伤 一朵白玫瑰正在你身边开放
亲亲的 少年郎
不要遥望 山峦上的云朵都爱慕你的善良
亲亲的 少年郎
不要去远方 那里的人不穿白衣裳

留下来
与我一起在马头墙 小河 晚霞 还有绿色麦浪的故乡
听林间鸟语花香 牵牛儿小村流浪
我们一起沐晨露 饮月光
你穿着白色的新衣裳
我答应做你一辈子的美娇娘

亲亲的 少年郎
别再忧伤 天边的风早吹来他乡夏季的麦芒
亲亲的 少年郎
别再遥望 在油菜花盛开的路口有远方百合花的芬芳
亲亲的 少年郎
去吧 去吧 夕阳尽头的城市里有数不尽的花衣裳

那是一段白衣飘飘的爱情
我爱的少年郎 不再忧伤
走吧 走吧 甩一甩头
不要回头望
别再酒后思念你儿时的故乡

在红红的杜鹃花旁 在枫杨林的小河边

我和我梦里的少年郎 流连在马头墙
看鱼儿 晚霞 还有一望无际的绿色麦浪
风吹过他的白色衣裳
像四月的绿芽 在阳光下 闪着亮晶晶的光

我的百岁爱情

她和我，
相识于江南三月的春风里，
离别在茫茫的戈壁滩。

我的百岁爱情

人老思旧年，总是夜长梦短，天不亮就醒来，所剩的日子，只有回忆留给人些安慰。

我父亲二哥的妻子，我叫二妈，快80岁了，一定要来杭州看望我快70岁的母亲。两人已有三十多年未见。见面，不免感慨岁月无情，风霜逼人。

二妈精神矍铄、睡眠少，一早上就催着我带她出去玩。去了上海迪士尼乐园，为她拍照，逗她开心，我说："你畅想一下美好未来吧！"说出口，觉得错了。八十岁的老人，还有什么未来可以畅想呢，难道要畅想天堂吗？赶快改口说："你回忆一下美好的过去吧！"

过去，总是美好的。人类的大脑很爱美化记忆，那些不美好的早已自动被过滤或屏蔽。要是有遗憾，那一定是一个天大的、无法弥补的遗憾。

对于我的父母辈或更长辈，在这个世上的遗憾太多了。有些遗憾，退休后还可以弥补，上上老年大学、出国旅旅游、跳跳广场舞，吃点喝点穿点，心里多少没那么觉得亏欠自己。有些遗憾，却是终身无法弥补的。

比如，情债！

我的父辈们，结过婚、生过孩子，拿过枪、打过仗，但似乎都没有谈过恋爱。他们的一生都献给了国家，儿女情长、卿卿我我在他们看来是见不得人的事，"我爱你"绝对说不出口，说"我喜欢你"也是难为情的。

勇气，这东西是越用越少。年轻时没有勇气爱，老年更别谈爱了。孔子说，"七十而从心所欲不逾矩"，能不逾矩，大抵是放弃了许多的欲念，接受了社会的规矩吧！

人活百岁，被人羡慕、被人祝福，心中通透，早已原谅了别人，原谅了自己。智慧的老年人，遇见年轻人，总还是忍不住，想说两句，"不听老人言，吃亏在眼前。"

年轻人啊，要珍惜青春，好好过！过来的人都知道，情债最难还！别辜负啊！

我的百岁爱情

我白发苍苍，双眼只看得到一点光。
我的脚颤颤巍巍，手中只剩一条拐杖。

你别笑我啊，年轻人！
从前，
我也是风流潇洒、剑眉星眸的英武少年。
我吹着解放的号，拿着春天的旗，在华夏大地得意地行。

我曾挚热地爱过一个国家，她的名字叫中国。
为她，我付上了我的青春、血肉、刚强、执着和勇敢，
只为我和她心中那个理想的家。

可是，为了她，我失去了她。
她和我，相识于江南三月的春风里，离别在茫茫的戈壁滩。
选择她还是她，年轻的我，挣扎了又挣扎，直到她选择浪迹天涯……

年轻时的遗憾，带痛的忧伤和不散场的青春，常常在耳畔回响。
不久，我娶妻生子，有了所有人间美满的一切繁华。
可我却不知道那个理想的家在哪？
我失去了她，在一生最辉煌的时代里。
无数人夸我、赞美我，可没有她，一切都像是一个人的笑话。

你别美慕啊，年轻人！
五十年后，你也会如我一样，
有贤惠温暖的妻、孝儿贤孙满堂，在全世界都有人为我奔忙。
岁月染白我的头发，荣耀的勋章压满我肩上，人人都夸我一生好福气。

可是，
我却想憎恨时光，
我却想要一场人生的大逃亡，
我却想失去所有的一切，不顾一切去天涯海角寻她。

为了这个心愿，
我登过五台山，上过耶路撒冷，去过麦加。
求过佛祖、耶稣和真主，
谁能给我奋不顾身的勇气，
我情愿拿一百次的灵魂来交换。

可惜，
我的灵魂是虚情假意的骗子，
我的勇气是骗子兜售的迷幻药，
自从我的最后一根白发生出，我开始彻夜难眠。
难眠的日子，余生还有多少天，我数算不清。
她的音容笑貌却铭记在脑间，每天都把我呼唤。

儿子要送我去海南安渡晚年，孙子的儿子送来棒棒糖和玩具卡片。
我已老了，老到哪也去不了了。
我已爱不动了，爱情的滋味像糖还是白开水，我已分不清。
有时，我想回忆她的家庭地址，方便以后去找她，记忆却是白雪茫茫一片。

我想，我快要失去那个虚假的灵魂了吧，
我快要有勇气去见她了吧！
不知道是佛祖、耶稣，还是真主的恩典，
不管哪个，
我都愿意，完全地把我布满瑕疵的灵魂送给他！

年轻人，不要等啊！
一生的年日如白驹过隙，短得不能再短，
风刮过野地的草，春天生冬天死，谁能使爱情再生呢？
好好爱啊！

年轻人，不要犹豫啊！
这世上还有什么比爱情更宝贵，更难得到呢？
错过了便是一生的哀叹，纵使人生过百岁，谁又能慰你孤独，解你愁肠呢？
勇敢去爱啊！

年轻人，不要笑啊！
我的白发已苍苍，我的喉咙也不能再发出大声响，
可是，
我曾尝过爱情的滋味，
便知道它何等的美善、甘甜，
凡得到它的，就永不后悔。
凡失去它的，就永远饥渴。

年轻人，不要胡闹啊！
当爱情来临时，
认真地抱紧它，亲吻它，留下它啊！

我的百岁爱情

有你在我心中放歌
漫天雪舞

下 雪

南方不多雪，每下一次雪，都全城轰动。拍照、发短视频，朋友圈里热闹一片。下雪，在南方人眼里，是极其浪漫的。纷纷扬扬的雪花，轻盈地落在树木花草上，落在房顶屋舍上，一夜之间世界粉妆玉砌，宛若冰雪王国。

南方的雪，下不长，一两天就消融了。抓住机会赏雪、玩雪，成了南方人心头上一件重要的事。一下雪，白堤挤满了人，本地人、游客都蜂拥到断桥，想看看"断桥残雪"究竟是怎样个美法。一群人，来来回回，一会儿雪就融化了。"断桥残雪"只能等下一次起得更早来欣赏了！

杭州下雪了，我人却在重庆。这座山城，冬天灰蒙蒙的，这里的人也在等待下一场银装素裹的雪。

朋友在南京，那里大雪漫天飞舞，雪落地几天不化。看他在聊天群里晒照片，雪落在窗前的翠竹上，落在花园里的梅花上，不由感慨，他真命好！

下 雪

杭州　大雪
南京　小雪
重庆　灯火璀璨
依旧　无雪
有你
在我心里　放歌
漫天雪舞　笑过梅鹤

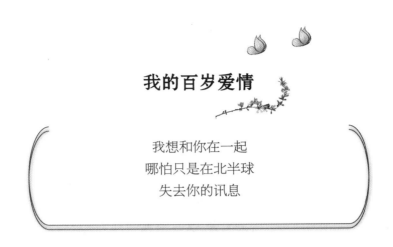

我的百岁爱情

我想和你在一起
哪怕只是在北半球
失去你的讯息

我想和你在一起

转眼，又是一年情人节。周星驰的《新喜剧之王》还在上映，可是我还是喜欢老版的张柏芝和周星驰。这世界上还有什么比爱情更公平的呢，即使在最卑微的人身上，爱情也会萌动。即使最高贵的人，在爱中也会留有遗憾。爱，永远让我们一生怀念。

在飞机上看到一个情人节的专辑短片，一个女孩和大学的男友分手了，主持人问你们以前的情人节都是怎么过的？女孩说，每年的情人节都和春节在一起，我们都是各自在家里，从来没有在一起过过。

遗憾的事情，就交给遗憾吧！下一个，不要再遗憾！

情人节，最好的礼物莫过于和自己喜欢的那个他（她）在一起，就是什么都不做，逛逛街、唱唱歌、吃吃饭，心情好像都格外地舒畅。友情像娃哈哈纯净水，纯纯的，爱就像农夫山泉，有点甜。爱是最好的开心剂，只要能和你在一起，一切都是那么甜蜜。

爱情，最美的时候就是暗恋。许多时候，表白并不是容易的事情，或许说出来，连朋友也不能再继续。隔着玻璃窗看着你，排队的时候站在你身后、翻翻你的朋友圈、发一条过节的短信、和你认识的人说一句关于你的话，都能让说不出爱的那个人儿甜蜜许久。

爱你，好像真的和你无关，但又真的必须和你有关，否则我一个人的爱情幻想，为何只是你，而不是别人呢？

害怕表白，害怕对你说一声我爱你，但我真的想和你在一起。

卢思浩，一个90后的畅销书作家，邀请了十多个差不多大的好友，共同写了一本书《我想和你在一起》，讲述了十多个不同的爱情故事。少年情怀总如诗，翻翻读来，里面有许多情感的句子让人难忘。爱情之甘美，让人无法止步，遇到一个自己喜欢的人，谁能不欢喜快乐呢？

当我遇见你的那一刻，我就知道自己喜欢你。我以为我百毒不侵，却唯独对你没法免疫。这世界上最幸福的事，大概就是我喜欢你的时候，你也恰好喜欢我。牵手时满心欢喜，空气的味道都是甜的。以前，我对一切都怀疑，可因为是你，所有的一切我都开始相信。

——《我想和你在一起》

"'我喜欢你'这句话太轻微，'我爱你'这句话太沉重，'我想和你一起努力'就刚刚好。"

——《我想和你在一起》

世界是一封情书。或者说，世界本该是一封情书的。你喜欢一个人时，山不再是山，水不再是水，而是你想与她分享的风景；歌曲不再是歌曲，电影不再是电影，每一句歌词、每一帧画面都是你想跟她表达的情绪。终于明白，明信片不见得那么有意义，摩天轮也不是非得去坐，而是你与那个人在一起。

——《我想和你在一起》

或许，你还傻傻地以为只是在喜欢一个人的这一头，但你的心已经到达爱他（她）的那一头。那还等什么呢？要等到生命的最后一刻吗？要等到最后一个天堂吗？爱，创造永恒，而不是永恒创造了爱！去爱，永远比被爱更配得爱。我愿所有的有情人都终成眷属，不留遗憾！

我想和你在一起

我想和你在一起
哪怕只是隔着玻璃看一只蝴蝶吮吸花蜜
只要你多凝视一秒
我的心里都满是甜滋滋的欢喜

我想和你在一起
哪怕只是起风时一起去关一扇窗
只要你礼貌地和我说一句话
我的心里都会默默回想一整天

我想和你在一起
哪怕只是排队时离你还有十个人的距离
只要你在场
我的心里都漾荡着春天

我想和你在一起
哪怕只是看看你的朋友圈
只要你每天都发一条动态
我的心里都感觉在抱着你

我想和你在一起
哪怕只是过节时的一声短信问候
只要你能回复我一声谢谢
我的心里都欢快跳跃不已

我想和你在一起

哪怕只是在下雪时才能看到你写的散文和诗歌
只要你还爱着我爱的这个世界
我的心里都感恩不已

我想和你在一起
哪怕只是路过你家门前能抬头看一眼你家的窗花
只要你看不见我
我的心里都踏实安稳

我想和你在一起
哪怕只是获得一点点你身边人的花边信息
只要能与在你人生里的人有点关系
我的心里都相信你没有离去

我想和你在一起
哪怕只是在同一座城市从不曾再遇见
只要你好好地过你的日子
我的心里都饱得安慰

我想和你在一起
哪怕只是在北半球失去你的讯息
只要在南半球你还活着
我的心里都能勇敢地爱下去

我想和你在一起
哪怕留给我人生最后的三十秒
只要你与我在永生永世中能同在天堂
我的心里都称谢不已

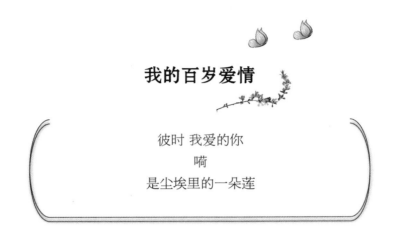

我的百岁爱情

彼时 我爱的你

嗬

是尘埃里的一朵莲

少年的你

大街上到处都是油腻的中年男，不忍直视。回头看到书店里几个年轻的大学生，瘦瘦高高，清清爽爽，如清风扑面。来说说，这些讨厌的男人是怎么一点点把自己搞油腻的吧！

男人油腻起步，大约是从大学毕业后第二年开始。第一年还保留着大学时的作息，第二年就开始变化了，喝酒、抽烟、KTV、夜宵、熬夜、加班、暴饮暴食……一发不可收拾，五年后，油腻已成定局，咸鱼再也不能翻身。

身体油腻是其次，心灵油腻才令人作呕。过去一朵朵莲花似的少年，变得老成世故、油腔滑调、拈花惹草的，早失去了璞玉般的心灵。唯有少数男人能够身材不走样，心灵越加高贵，比如比利时的前国王博杜安，就是越老越有气质的翩翩君子。或者，观察一下，身边总有那么一个人，挨过岁月的杀猪刀，叫你吃惊的吧！

少年的你

偶翻
你年少的照片
我脸红心跳 像个少年
彼时 我爱的你
嗬
是尘埃里的一朵莲

你初长的第一根白发
我拔下 心疼不止
岁月啊
几时能倒转流年
可否许我带一帮彪汉
拿大把的银钱
付上我的一生
来一次交换
把你的青春抢回来

你近来走过的风景
我寻过 总是泪如雨下
陪你上九天揽月 登喜马拉雅
太勇敢的情话
嗬
我说不出口
你可不可以 只做我的家

你写的每一个文字

字字句句
深夜里　都在我心里发光
我夜夜无眠 思念无涯
好想伴你入睡
回来吧
别让我
为爱发傻

爱你啊 亲亲的傻傻的你
无论你
彼时 清新 笑面如莲
今时 饱满 深沉若海

我的百岁爱情

如果我俩活过百岁
我爱的你
千万要醒着 吻一次
我皱纹的脸

如果我俩活过百岁

　　世界上的爱情骗子，都长了一张甜言蜜语的口。不说点超凡脱俗的情话，就不能骗得情人死心塌地。一面在家里的老婆面前信誓旦旦，一面又对心仪的女人情话绵绵。尤其爱拿年龄来制造轰轰烈烈的爱情，什么下辈子做夫妻啊，活到一百岁娶你啊，听得人眼泪直往下掉，不由得恨天恨地恨自己，恨不相逢未嫁时！

　　也有几个痴情的种子，在这个世上爱得专一彻底，让人相信爱情还没有死光。比如写过《当你老了》的爱尔兰诗人叶芝对革命家茅德·冈女士的爱，又比如金岳霖对林徽因的痴情。无奈，造化弄人，总是欺负爱得深的那个人，得也得不到，放也放不了，用百年的时间来等待，命运啊，是否肯给一个机会？

如果我俩活过百岁

如果我俩活过百岁
我可否
能有机会娶你为妻

若是可以
你可否 会记得
有个我 爱着你
从少年到白头
爱 只增不减

你又否 常忆起
我多情的眼
在岁月里留下的思念
都种在你家后院

你还否 能眯起眼看
我送你的诗集和老照片
在午后的太阳光里
喃喃自语

光阴啊，快快走
让我欢天喜地做你百岁的新郎
哪怕只有一天
你属于我
闭上眼 我也不遗憾

光阴啊，慢慢走
让我多看看你美丽的脸
我怕
记得住你的美 你的好
却忘掉你的名字
在彼岸 何处能把你呼唤

如果我俩活过百岁
我爱的你
千万要醒着 吻一次
我皱纹的脸
和
为爱滚烫烫的心

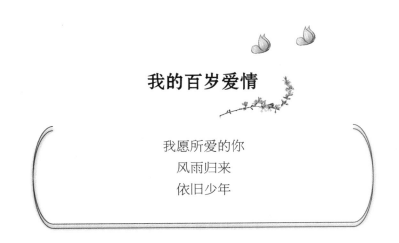

我的百岁爱情

我愿所爱的你
风雨归来
依旧少年

愿我爱的依旧少年

又是一年西方的情人节，不知道写点什么情诗来纪念。

"愿你出走半生，归来依旧少年"，这句话这几年在文艺青年中很流行，就写写少年吧！

苏东坡在《定风波·南海归赠王定国侍人寓娘》的词里原文是："万里归来颜愈少，微笑，笑时犹带岭梅香。"能够万里归来愈年少，很显然不是指相貌和身材上的，是指心态上的。众所周知，苏东坡是个胖子，万里归来应该也瘦不到少年模样。

少年感，少女感，是个难修炼的气质，不是身材走样、相貌走样，就是心态走样。历经风霜，能留下的几个少年，应是人间极品。要问娱乐圈里谁最有少年感，一帮老阿姨异口同声——胡歌！

我想，是他演的电视剧总有点温润公子仙飘飘的气质，少了许多俗不可耐男人身上的铜臭味吧！少年少女稀缺，我爱的你们，且行且珍惜！

愿我爱的依旧少年

愿我所爱的少年们
如雪松
风过 挺拔
雨过 青翠
雪过 坚韧

愿我所爱的少女们
如百合
晴日 芳香
雨日 浪漫
雪日 美妙

我愿所爱的你
以年岁为冠冕 以信实为衣衫
以青春为容颜 以爱为伴
风雨归来 依旧少年!

我的百岁爱情

世界上孪生兄妹

也有分别的一天

更何况

我从未开始过爱你

你也未爱上过我

写给你的一封信

萧亚轩有一首歌《类似爱情》，是我十多年前听过并深深感动的一首歌。今天听起来，仍然有许多触动。

在茫茫人海中，我们会遇见许多人，有些人好像就是你的另一个自己，遇见时，灵魂被重重地撞击，让你有点傻傻分不清楚，到底是友情还是爱情，是偶然还是宿命？

如果是友情，为何你和他（她）有那么多难以启齿想说又想逃避的话？如果是爱情，为何你们有那么多的默契，喜悦中带着平静，好像全世界的秘密都被猜透了？

男女之间到底有没有纯粹的友情，我向许多人询问过这个话题。大部分的回答都是：没有，绝对没有！

那么，男女之间，朋友之上、恋人未满，到底是一种什么样的感情呢？我琢磨了很久，直到在《爱的艺术》中重新读到一句话。

友谊有许多名字，然而一旦有青春和美貌介入，友谊便被称作爱情，而且被神化为最美丽的天使。

—— 克里索斯尔

男女两性有没有纯粹的友情？答案是，要看他们之间有没有性吸引力。爱情是基于性吸引力而产生的，性吸引力可以表现在外貌、才华、人格魅力、财富、地位、权力等许多方面上，它能在双方心里激发产生光环效应、崇拜感，从而使双方产生好感，推动两性关系朝爱情的方向发展。即便是同性之间的说不清的吸引力，也遵循这一原则。

不过，爱情和性吸引力是两回事，性吸引力是爱情的基础，但并不是所有性吸引力都可以成功地走向爱情。爱情要达到的是双方都全然地被吸引，双方都陷入入迷、疯狂的状态。爱情是100℃的水，即便是达到了80℃-90℃，那都是类似爱情，而绝不能当爱情来看待。

若是把类似爱情当爱情来看，结果只有一个：痛苦。这样的爱情多是对友情爱情化的想象，并不真正的爱情，所以也结不出甜蜜的果子。

遇到类似爱情的友情怎么办？真的很头疼。我想还是退一退吧，放一放，回头是岸吧！毕竟，在茫茫人海里，能够遇到一个和自己一样的人，也算是小概率事件，还是以珍惜为主，让性吸引力将降温吧！

写给你的一封信

我爱的文学书　你读过
我写的情诗　　你朗诵过
我最爱的那片银杏树林　你画过
我在湖边坐过的草地　你站着逗过一只鸟
我偶尔买菜路过的那座桥　你天天上班经过

我对着江边哭过的月亮　你拍过
我拍过的每一朵向日葵　你都看过
我扶过几个过马路的盲人　其中一个你背过
我喜欢的那首中国风的歌　你唱过
我常去的那家小饭馆 你隔三岔五就去

我要是对你说一句 我爱你
你不要感动　也不要心动
我只是爱着我自己 顺便爱你

我要是对你说一句 不再见面
你不要难过　也不要伤心
世界上孪生兄妹也有分别的一天
更何况我从未开始过爱你
你也未爱上过我

分别后
我还是会照常向左走
经过那座桥 看看那棵树
偶尔拍点向日葵的照片 发发朋友圈

偶尔到江边赏赏月 读读我爱的文学书
偶尔照顾一下盲人 听听感动我的歌
我也不会刻意不往右走
装作回避你的样子

分别后
你也不要太有压力
慢慢习惯一些日子后
你还会是你
在我心底灿烂的样子
不会那么轻易改变
我也还是我
依然平淡如水过着普通人的日子
慢慢消失在人群里

假使有一天又遇上了
你也不要激动或惊喜
世界上有多少人匆匆擦肩而过
不会再相遇
能再相遇
只是个偶然而不是宿命
这个道理我明白
我想你也能明白

要是有一天我病了或死了
你也不要四处打听我的消息
依然好好地过你的日子
我又不是为你病为你死
你大可不必自责 难过 伤心

谁不是轻轻地来 悄悄地去
闹得全世界都晓得
那不是我想要的结局

今天的阳光很明媚
我要喝一杯红茶
去花园里散散步
看看那只鸟有没有再来

好吧
就到这里了
珍重再见

我的百岁爱情

> 我若是走了
> 你便要成熟
> 我若是死了
> 你便是要丰收

稻　田

　　10月底，稻子黄了，有阳光的时候，稻田上笼着一层薄雾，朦朦胧胧，静谧优美地闪着轻柔的金光。每次坐校车从稻田路过的时候，我总要伸长脖子，朝窗外贪恋地张望几秒钟，在急驰而过的车上，瞥一眼这令人心醉的风景。心中暗想，要是能停车走进稻田，亲近一下这美丽的风景，那该多好！

　　机会终于来了！结束在乌镇的参观访问，就在那个完美如画的古镇边缘，我遇到了渴望已久的稻田！金灿灿的一大片，在阴沉的傍晚，照亮了整片天。稻子已经成熟七八分，叶子边缘和叶尖已由青绿变为金黄。稻穗还未完全饱满，腰杆虽还能挺直，大多已经开始轻轻地弯着、斜着身体，似要低头亲吻大地。

　　远处，村庄的道路旁，一排高高的白杨树，在深秋里，金灿灿的叶子在风中飞舞，好像用尽了整个生命在跳舞。近旁，栽种在稻田里的一棵黄杨树，枝叶繁茂，在风中轻颤，像稻田的守望者，守护着稻田丰收的季节。这看起来，好像一幅深秋的俄罗斯风景画。

　　我的心像是被什么撞击了，心底里有几行热泪，悄悄地在流淌。在美和生命面前，我的心常脆弱到不能自已。同事说，我给你拍几张稻田的照片吧。他指手画脚地要我的手抚过稻穗、要我在稻田里孤独地行走，要我在树下和稻田之间站立时，我想起了海子对麦地的留恋。

答复

作者：海子

麦地
别人看见你
觉得你温暖，美丽
我则站在你痛苦质问的中心
被你灼伤
我站在太阳 痛苦的芒上
麦地
神秘的质问者啊
当我痛苦地站在你的面前
你不能说我一无所有
你不能说我两手空空

我没有海子那样对全人类痛苦的负担，但和海子一样，站在稻田前，我的心也禁不住想起人类的秘密。再过一两个星期，这里就会迎来一次大收割，稻子离开大地，去了粮仓，只留下一片黑土地。而第二年，这里又会撒上新的种子，重复生命的季节。死与生，生与死，是人类最深的秘密。

我想起一句话"一粒麦子，埋在地里，若不死了，仍是它自己，若是死了，就结出许多籽粒。"生命的新生，不就是向死而生吗，人的成长，不就是老我死去，新我长出的过程吗？爱一个人，为了他（她）的成长，不也是要让旧爱死去，让新爱进来吗？否则，我还是我自己，你还是你自己，我们虽活着，却不再有互相交集，我们的爱只是一具躯壳，毫无生命。

常常的时候，要让所爱的人长大，我们必须付出死去的代价？有人会权衡是否值得，有人则选择奋不顾身地爱上一回。其实，在感情中向死而生，有时并不需要付上生命的代价，你可能需要的是一场离开，走出他（她）的生命，让他（她）明白爱的意义和付出的价值。

　　你可能需要的是一次自我更新，杀死那个折磨你们的老我，重新开始一段新的情感关系。

　　你可能需要的是一点勇气、激情、信心和一点点的创造力，彻底地摆脱原来那个不热爱生活的你自己，好好爱生活，好好爱那个本真的他（她）。

　　若是我们不能死，我们就无法生。无论是对风景的爱，对人的爱，都是在建立一场渗入生命生长的恋爱关系，而绝不是走过路过的旁观者关系。这不是唯心主义的看法，而是灵魂与灵魂的对话。以艺术作品为例，若没有曹雪芹，就没有《枉凝眉》，若没有《枉凝眉》，就没有《石头记》。

　　爱是一门艺术，爱就是与所爱者生命的联结，这感觉就像得了一场重感冒，于身体可能是短暂的、是会被遗忘的，但于心灵，却可能是有价值的、永恒的生命回响。

稻 田

站在一片金色的稻田前
禁不住 淌下金色的眼泪

每一棵稻穗 都藏着一个秋天的秘密
想献给大地

你站在远处
无语观看
任我的手抚过金色的稻浪
热泪在我的眼眶里打转
任秋风染红我的黑发
稻田照亮傍晚的村庄
任我的背影 越走越远
直到
大地一片黑色

真想尽情地流泪
在稻田和你之间来一场
永远的热恋
让我爱抚过稻浪的手
能一样爱抚过你的心
好让你能明白
一个深藏在我心底的秘密

稻田在大地之中
我在稻田之中

你在我心中

我若是走了
你便要成熟
我若是死了
你便是要丰收

我的百岁爱情

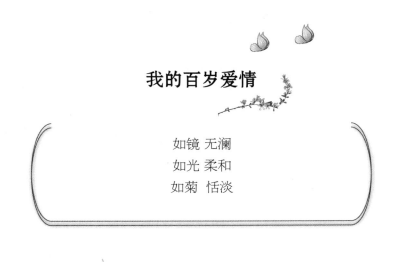

如镜 无澜
如光 柔和
如菊 恬淡

我心是一片湖

湖是一座城市的灵魂，海、河、江都不是。海太大，总离心有点远。河和江流过城市，总像要离开的感觉。唯有湖，让人安心。

大大的一汪碧潭，栽满柳树、桃树、樱树、香樟等各种树木，散步、划船、赏四季风光。湖，总能让城市里的人慢下来，享受安心与宁静。

去过南方的很多湖，西湖、东湖、太湖、鄱阳湖、玄武湖、千岛湖……据说最美的是青海湖。广袤的草原和雄奇的四方高山，把烟波浩渺、碧波连天的青海湖衬托得壮阔、空灵、纯洁。

湖在秋天最美，天高云淡，湖面最静。看看秋天的湖，淡泊宁静的样子，心灵也会立时豁达起来。有时夜阑风静，万籁俱寂，向内心寻，也依稀能看到一池明月碧琉璃。心安，家安，心就是静静的湖。

我心是一片湖

我心是一块纯洁的净土
四围栽种了妖娆的野蔷薇
招摇地呼唤过往的游人前来观看

有一帮强盗路过
跑进来左寻右找
什么也没有发现
骂骂咧咧地拔掉了所有的蔷薇

第二年春天
野蔷薇又长满了篱笆
妖娆地向路人招呼
快来看一看这片洁白吧

一个书生经过
走进我的心中央
转身又离开
在洁白的地上
留下一行字
"无聊的人到此一游"

又过了三个春天
字迹渐渐消失
我心重又变成一块纯洁的净土
干干净净地闪着光芒

一群种植玫瑰的女人们经过
她们惋惜 这一片土地荒芜
就放火烧掉野蔷薇
插上了玫瑰的枝子
每日来浇水施肥
我心上的玫瑰在爱的浇灌里
越长越大 繁花压满枝头
引来路人的一片赞叹

有一天 来了一个开发商
说这片土地是属他的
要征了去建高楼大厦
他们砍倒玫瑰树
连花带枝子一起都被剪除
把我的心拔得满目疮痍

大楼建起
我的心是一间小小的开水间
人来人往
日复一日 岁月流转
我的心
默默倾听着世上男男女女的情仇爱怨
时而伤心 时而忧愁 时而欢喜
年复一年
伤痕遍满

这样 不知过了多少年日
有一天 地突然震动
人们尖叫着 疯一般地离开了大楼

我看见 许多年轻的生命从楼上坠下
再也没有站起来
又不知过了多少年日
大楼消逝 我的四周一片废墟
伤过的心慢慢恢复了从前的洁白宁静

秋去春来
一些狗尾巴草在我四周生长出来
有一搭没一搭地诉说着对我的倾慕
我好奇又疑惑 今我身在何处？
我向天上的一朵云询问
它笑着在我的心底
映出一朵美丽的影子
悄悄告诉我
你是一片湖

我的心是一片湖
一片宁静且没有风浪的湖
偶尔燕子飞过　麻雀停在湖边的树枝上
叽叽喳喳几声
偶尔也有几只大鸟飞过
提醒我季节的变迁

我的心是一片湖
一片透明不染尘世的湖
水中没有大鱼
也没有荷花或红菱
只有一些永远长不大的小鱼
在水草里嬉戏

我不再思念前世的荣华与羞辱
也不再想有人寻见
在人迹罕至的地方
我的心 伴着日升月落 冬去春来
如镜 无澜
如光 柔和
如菊 恬淡

就这样
悄悄地 悄悄地度完我美丽的一生吧

后　记

人有时并不了解自己，譬如我。高中时流行读诗，席慕蓉、汪国真都是我的最爱。大学时我零零散散地写过几首诗歌，也有一些发表和获奖，但都没有继续下去。

我偏好写爱情诗歌，可能是青春期留下的遗产。那时最喜欢读琼瑶、三毛的小说，对浪漫又至死不渝的爱情有深深地向往。恋爱后情路也不尽顺利，用渣女形容我也不算过分。

幸好，我有一个不服输的脾气，相信自己一定会幸福，上天眷顾凑巧遇到了绝世好男人——我老公。我在离异家庭里长大，童年和青春期里所遭受的挫折、苦闷、自卑、暴躁，在他宽广温暖的胸怀里慢慢被医治。我体会到杨绛和钱锺书的爱情，在她眼中，他是最真的夫、最博的父，在他眼中，她是最贤的妻、最才的女。在我的眼中，他就是最真的夫、最暖的父，这种奇特的父和夫的感觉让我优柔敏感的心灵得到安歇。

我观察过许多家庭离异单亲的孩子，大部分孩子成长得很不开心，父不疼、母不爱，互相推卸责任。这些孩子普遍缺乏健全独立的人格，内心爱的缺口很大，对人生悲观绝望，对爱情寄予太多幻想。很容易坠入情网，恋爱又很容易失败，失败又很容易自残，令人心伤。

我想，我是否可以为这些在缺爱家庭里长大的孩子做点什么，让他们的心灵能被安慰、能找到一个自我拯救的方式，不再继续原生家庭的阴影和悲剧。

爱的教育，十分关键，应该说恋爱教育很关键，这是我的感悟。没有正确的恋爱观，就没有正确的恋爱，不懂正确的恋爱，就无法建立负责任的家庭关系，无法发展亲密的子女关系。不懂正确的恋爱，爱就成了捆绑，结局就是分手，这是谁都不想要一个结果。

我从事爱与美的教育，诗歌是我理念的一个载体。我尽可能写得通俗易懂，文字轻柔美丽一点，生活气息浓一点，让更多人能理解爱情，爱一个人，原则上与爱自己、爱生活是分不开的。

即使一个人在这个世上，得不到太多的爱，也不用感觉孤单，外面的花正开，草正绿，阳光洒下来，还有一朵流云可以欣赏。就是在冬天，雾霾的日子，也不用生气，四季常青的乔木，不也和我们一样，默默在冬季忍受苦寒，等待春天里发出新叶吗？

无论什么时候，对人、对事、对过往的破碎，淡然一点，善于赦免原谅、善于遗忘，对自我都是最好的一种拯救。"老吾老以及人之老，幼吾幼以及人之幼"，这是中国孔子的古训，很好。我却建议，我们可以更博爱一些，多付出一些，去爱得多了，自己的苦楚就变得很浅很轻。

我最敬仰德兰修女，她曾说"爱直至成伤。假如你爱至成伤，你会发现，伤没有了，却有更多的爱。"失去爱并不可怕，可怕的是失去爱的勇气和爱的能力。

我想努力一点点，鼓励更多的人，多一点爱的勇气，增长一点爱的能力，在这个繁忙喧嚣的世界里，为那些需要一点点帮助的人，带来一丝春风、一点烛光、一瓣明月。

写诗抒情咏志，如此而已。

作　者
2019 年 7 月 8 日